KB037571

방과 후 지구

방과 후 지구

시 쓰고 빨래하고 날씨 걱정은 가끔

서윤후 글·사진

서랍의날씨

Beverage
Coffee

AHMED
شفيع اخوان وشركاهم
SHAFI BROTHERS
MEDICAM
DENTAL CREAM

Welcome
B&B Coffee Milk
Ice Coffee Milk
Ice Milk Tea
Ice Milk Green Tea
Ice Lemon Tea
Ice Cocoa / Chocolate
Ice Red Milk / Green
Lemon Red Soda
♡ Lemon Juice
♡ Orange Juice
Hot 15- Ice 20-
Shake 25-
กาแฟนมสด

غرفة المراقب
Observer Office
المشرف
Supervisor
غرفة انتظار السيدات
Ladies waiting room
مكتب الشرطة
Police Office
مكتب خدمة العملاء
Customer Service Office
غرفة الصلاة
Prayer Room
المطعم
Restaurant
مكتب التحقيق
Investigation Office
حمام للعموم
Public WC
المبيعات
Sales

"누군가 나의 이름을 불러 준 만큼 걸어야 했던 산책이었다."

from

tokyo, dubai, london, edinburgh, qingdao, taipei,

hochiminh, osaka,

okinawa, hongkong, bangkok, fukuoka, praha,

bratislava, vienna, münchen

오늘도 걸었을 당신에게

'걷는 것 좋아하세요?' 이런 질문으로부터, '같이 걸을까요?' 같은 나란함을 획득하기 위해서 무작정 끄덕이는 날이 많았다. 하지만 걷는 일은 귀찮다. 집으로 돌아가는 길에만 여념이 없는 피로 깊은 날들이 많았다.

"걷기는 세계를 느끼는 관능에로의 초대다. 걷는다는 것은 세계를 온전하게 경험한다는 것이다. 이때 경험의 주도권은 인간에게 돌아온다. 기차나 자동차는 육체의 수동성과 세계를 멀리하는 길만 가르쳐 주지만, 그와 달리 걷기는 눈의 활동만을 부추기는 데 그치지 않는다."

(다비드 르 브르통, 《걷기 예찬》, 현대문학, 2002)

걷기란 학교에 가기 위해서, 출근을 하기 위해서 이동하는 일이 아니라 아무런 목적이 없을 때에만 해당하는 일 같다. 산책이라는 활동도 마찬가지다. 생활이 빼곡하게 놓여 있거나 엉켜 있는 한, 시간을 내 목적 없이 걷기란 쉬운 일이 아니다. 사실 모든 일은 걷기에서부터 시작한다. 친구와 커피를 마시러 가는 것도, 일요일 아침 장을 보러 가는 것도, 그리고 제자리에 돌아오는 것도 전부 걷는 일이다.

날씨가 좋은 어느 날, 좋은 사람과 함께, 혹은 혼자서 공원을 걷는 일만 산책이라고 정의한 적이 있다. 삶이 바빠질수록 나는 피곤해지고 미약해지면서 산책하는 날이 점점 줄었다. 버스를 갈아타는 것만으로도, 환승역에서 계단을 오르내리는 것만으로도 걷기는 금방 피곤한 일이 된다. 그래서 걷는 일을 자주 잊고, 걸으면서 알 수 있었던 것을 빠르게 지나친다. 멈춰 있는 데 지나치는 것들이 많다는 오류를 범한다.

세계의 곳곳에서 걷는 일에 대해 생각했다. 길을 몰라서, 영어가 서툴러서 더 걷게 되는 일들. 집에 돌아가는 익숙한 길이 아니라 처음 길에 들어서며 걷는 일들로부터 내가 밟아 온 지난 모든 발자국을 나는 산책이라고 말할 수 있다. 걷는 일은 매일 계속되면서 달력을 넘기고 기억 속에 쌓이는 것이므로, 나는 이것을 기념일이라고 여기고 싶다.

가끔 걷기를 그만두고 침대에 누워 침대 밖의 세상을 상상하곤 한다. 피곤에 떠밀려 온 두 발을 잠시 쉬게 하면서도 끊임없이 어디론가 가는 계획을 세운다. 그렇게 들어선 세계에서 걸어 나가는 일은 여행 이전에도 이후에도 계속되어 갈 것이다.

이것은 여행 지침서가 아니다. 여행 정보가 가득 든 책이 아니다. 걷는 이야기다. 걷다 보면 머뭇거릴 때가 있다. 멈춰 있다가 이윽고 걸어 나가고 싶은 마음이 들었던 순간을 모아 놓은 이야기다. 멈춰서 책을 펼친 순간에도 함께 걷고 있음을 말하고 싶은 책이다. 책을 덮은 이후에도 우리는 여전히 주변을 서성거리는 산책을 하고 있을 것이다.

오늘도 걸었을 당신에게,

내일도 걸어야 할 내가 걸어온 이야기를 드린다.

2016년 8월

서윤후

Open Air
Shakespeare

VICTORIA
BUILDINGS
the easy way
into Oxford by car
park
park ride
oxford

"산책이라는 말 좋아요. 이 단어에는 이미 걷고 있는 사람이 있는 것 같아서 손만 뻗어도 단어는 더 가까워져요. 걷는 매일에 지쳐 떠난 곳에서도 자꾸 걷고 있는 당신을 떠올립니다. 함께 하자는 말처럼 가깝게 심호흡을 하며 한 발 한 발 내딛는 일이란 참 근사하지요. 가벼운 옷차림으로 산책을 나서듯이 몇 가지의 걱정과 몇 명의 얼굴을 헤아리며 걷더라도 보채지 않고 차분해지죠. 산책이라는 말은 그래요. 공원 입구로 들어서 두 팔 벌린 나무 사이로 하나의 호흡이 되어 가볍게 불어 가는 그림자와 이 심장이, 걷는 사람들로 채워지는 이 공간이, 어젯밤 하지 못한 말과 내일 해 주고 싶은 말이 서로 손잡고 마음보단 앞지르지 않으려고 속도를 줄이려 애쓰는 산책은 그래요. 자꾸 걸어요. 혼자 걸어요. 같이 걸어요. 걷는다는 것, 산책이라는 말, 매일을 발명하는 사람의 일이에요."

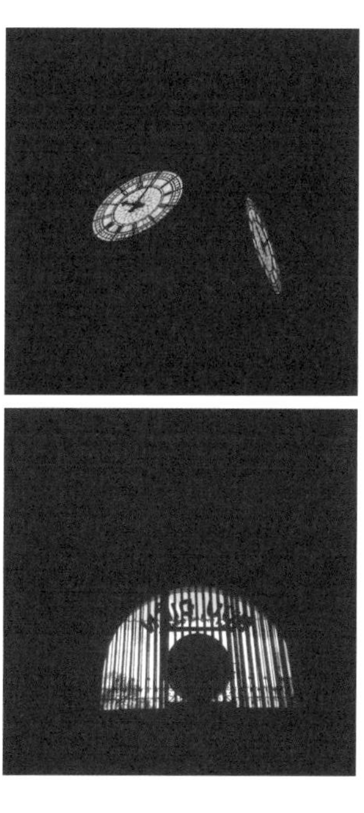

게으른 미행

내가 나를 미행하는 일이라고 말해도 될까. 여행이 꼭 그렇게 느껴지던 어느 날 오후, 방콕 카오산 로드 한복판에 서 있었다. 터질 것 같은 배낭을 멘 사람들 사이로 길을 잃은 아이처럼, 사고 싶은 것 없이 괜히 기념품 가게에 들어간 내게 가격을 말해 주는 점원 앞에서, 내가 이곳에 있다는 것을 새삼 알아차리는 조심스러움으로부터 여행에 대해 궁금해지기 시작했다.

“이제 좀 그만 걸을까?”

AIRE
天巴士

이런 말을 사귀던 친구에게 말했고, 그녀는 걸음을 멈췄다. 이 세계에 열린 마지막 길을 걷다가 커다란 장벽을 만난 사람들처럼 걷지도 달리지도 못한 채 서 있던 그 시간을 나는 기억하고 있다.

유리창에 비치는 나를 바라보거나, 오늘의 신발과 양말의 조합을 떠올리며 땅만 보고 걷는 나를 살피는 일을 계속하는 것. '나는 누구일까?' 도덕 교과서는 그것이 정체성을 찾는 일이라고 알려 주었지만, 누군가의 자식이며 어느 학교의 학생인지 정도로는 답이 되지 않는다는 사실도 알게 되었다. 자기소개를 기입해야 하는 SNS나 이력서처럼 정해진 무언가를 적는 것으로는 만족할 수 없었다.

나는 여행을 떠났다. 막연한 무기력함으로부터 도망가는 날도 있었고, 나를 좀 더 알고 싶은 호기심에 떠난 날도 있었다. 잘 모르겠어서 생면부지의 이 땅을 이방인이 되어 걷는다고 생각하는 것은 괜찮을까. 질문이 질문을 찾고 답변이 답변에게서 달아나는 미행을 여행의 별명이라고 할 수 있을까.

어떤 날엔 열심히 찾아온 관광 코스를 하나하나 밟으며 뿌듯함을 느끼고, 어떤 날엔 하루 종일 해변에 머물러 한량처럼 바다 곁을 서성였다. 어떤 날엔 엽서 앞에서 시간을 흘리고야 마는. 이 모든 시간들을 훔쳐보고 있으면 적어도 나는 참을성은 없지만 좋아하는 것에 한없이 열정적이고, 걷기를 싫어한다고 자주 말하면서도 계속 걷는 아이러니함도 지녔다는 것을 알 수 있지 않을까. 컴퓨터용 사인펜으로 덧칠했던 몇 가지의 보기 가운데 나를 증명하는 정답들로 진로와 미래를 판단하는 세계와 다르게, 여행은 보기 없이 답을 요구하고 답을 찾지 못해도 계속 기회를 주는 것이라고 믿어 의심치 않는다.

월세가 걱정되어서, 병원과 약국을 오가는 일로도 지친 몸이 되어서, 그래서 나는 나를 쫓아다니며 관찰하는 일을 그만둔 적이 있었다. 불현듯 카오산 로드의 이름 모를 얼굴들과 웅성거림, 온도, 냄새 들이 젖은 수건처럼 나의 얼굴을 닦고 있을 때 미행을 멈추면 안 되겠다고 생각했다. 내가 나에게서 영영 멀어지는 날엔 아마도 불행할 것이다.

내가 나에게서 너무 가까우면 들킬 것이다. 눈금을 지키면서 나를 따라다니는 이 일을 내가 쥐고 있는 간절함과 긴장감이라고 여기며 그만두지 않을 예정이다. 새로운 것 앞에서 지키는 일이 어렵다는 것을 알려 준 산책은 그렇게 시작되었다.

배웅

여행은 내가 나를 처음으로 배웅하는 일이었다.

입을 크게 벌리고 있는 배낭 앞에서 나는 선별하는 작업을 시작한다. 내게 가장 필요한 물건들, 희미한 다짐들, 가 본 적 없는 곳을 막무가내로 떠올리며 갖는 온갖 마음들까지. 터질 듯한 배낭을 보니 내게 필요한 것이 지나치게 많지 않은가 싶다. 여행은 일상에서 묻은 생각들을 정리할 수 있는 시간이라고 여기지만, 돌아오면 여행에서 누빈 것들을 정리한다. 정리는 잘하지만 정돈은 잘 못하는 사람으로 며칠을 살다 보면 또다시 나는 배낭 앞이다.

이런 반복 속에서 나를 잘 모르면서 아는 것처럼 까불었던 날들도 많았다. 타인으로부터 늘 배웅받는 일에 익숙했는지도 모른다. 안부를 묻거나 일상을 떠드는 대화는 언제나 즐거웠고 외롭지 않다는 마음을 갖게 했다. 혼자서 할 수 있는 일들 중 여행은 가장 복잡한 설계로 이루어진 실험이었다.

배웅과 마중이 헷갈리는 인사를 건넨다. 나를 잘 보내 줘야겠다는 생각을 처음으로 한다. 혼자서 말하고 혼자서 대답하는 대화는 기록되지 않는다. 여행은 그런 빌미를 제공하는, 밀입국을 도와주는 서늘하고 다정한 품이다.

여행이 가져다주는 긴장감이 있다. 혼자 있기를 싫어했던 내가 식당에 혼자 들어가 제육볶음을 시키고, 카페에 혼자 앉아 책을 읽고, 조조할인 영화를 혼자 보고, 노래방에서 혼자 노래를 부른다. 혼자일 때부터 여행의 기분을 느꼈는지도 모른다. 누군가 옆에 있지 않아서 느끼는 외로움이 아니라, 내가 나를 마주하는 방법을 모르는 기분을 외로움이라고 해명하는 시간들이 벗겨질 때 볼 수 있는 거울이 여행이다.

집과 멀어져 홀로 걷는 일로부터, 국경을 넘어 집이 없는 곳

TAXI
TMB
TMB

에서 돋아나는 발자국으로부터 나는 혼자지만 외롭지 않다는 것을 알면서 여행이 재미있어졌다. 적어도 사람 둘레에서 외로움을 판단하지 않게 된 것이다.

배웅할 때의 섭섭한 마음과 안녕을 바라는 간절함은 나를 보내는 일에도 생긴다. 여행의 아쉬움에 뒤척이는 날로 달력을 만들다가 다시 나를 배웅한 날을 기다리기도 한다. 가끔 사랑하는 사람들과 떠날 약속을 하다가도 쉬운 일이 아니란 생각을 한다.

콘센트에서 전원을 뽑고 가스 밸브와 보일러를 확인하며 잠시 멀리 다녀오겠다는 인사를 하는 곳은 늘 빈집이었다. 변한 것 없이 그대로인 집에 돌아오면 잘 왔냐는 인사 없이도 안도감이 들고, 내가 나의 인기척을 알아차리는 날을 만들어 준 긴 산책은 무료한 달력 속에서 이행한 씩씩한 이별이기도 했다.

발은 엔진, 발은 심장

너희들이 믿을 것은 두 다리뿐이라고, 어머니께서 늘 말씀하셨다. 바지런히 걸을 것이다. 걷는 대로 길이 되리라고 믿으며.

나는 여행을 하면서 자주 발 사진을 찍곤 한다. 어쩌다 발에게 말을 걸면 발은 내가 미쳐 보이지 않게 늘 대답을 해준다. 이제 그만 쉬는 게 어때? 발은 하루 일과를 마치고 따뜻한 물에 불어 쭈글쭈글해졌을 때, 숙소의 침구 속에서 비비적거릴 때가 가장 좋다고 말한다. 그건 네가 쉼 없이 걸어왔기 때문이야. 그래서 계속 걸어야 한다고 나를 달래 준다.

우리들의 모든 엔진.

엔진은 중요해서 잘 쉬어 주고 씻어 주며 주물러 주어야 한다. 때때로 우리는 지나치게 손에 집중하며, 손은 기대에 부응하지 못하고 실수를 저지르기도 한다. 발이 쉬고 있으면 우리도 쉴 수 있다. 예쁜 양말을 신고 보드랍게 발가락을 꼼지락거릴 시간을 주어야 한다. 냄새만이 발의 유일한 실수니까 눈감아 주어야 한다.

가지런히 벗어 놓은 신발을 밤새 고양이가 제멋대로 배열해 놓거나, 발을 쏙 빼고 먼저 바닷가에 들어간 사람들, 햇빛이 신발을 대신 신고 여행의 끄트머리에서 털썩 주저앉은 발을 보는 것. 발은 의외로 많이 말하고 있었다. 하지만 발은 내 말을 잘 듣지 않았다. 내 뜻대로 움직여 주지 않을 때면 나를 다그쳐야 할지, 발을 다그쳐야 할지 헷갈렸다.

평생 구두를 신어 발이 휜 사람도 있었고, 맨발로 바닥을 휘젓느라 살갗이 다 벗겨진 무용수도 있었고, 막 태어나 말랑말랑한 발을 가진 아이도 있었다. 에든버러 프린지 페스티벌을 즐기던 중, 한 무용수와 인터뷰를 하다가 그녀의 발을 우연찮게 보게 되었다. 부끄럼 없이 벗겨진 그녀의 발을 보면서 맨발로 살아 내는 일에 대해 곰곰이 생각해 보았다. 감추고 치장하느라 나를 잃어버렸던 어떤 기억이 떠올랐고, 아찔하게 발가락을 움츠렸다. 자연스러워진다는 것, 힘주지 않아도 느껴지는 무용수의 엔진을 보고 나도 모르게 심장이 날뛰었다.

9 소유의 목적

캐리어가 입을 한가득 벌리고 있다. 챙겨야 할 리스트는 종이 한 장을 꽉 채웠다. 내가 며칠을 살아가는 데 필요한 물건이 이렇게나 많을까. 캐리어는 터질 듯이 겨우 잠겼다.

선별하는 나의 사물들에 대해 생각한다. 내게 필요한 물건들 중에 기능적인 것을 제외하고 의미로써 우선순위를 갖는 것들이 있다. 일종의 미신 때문에 가지고 가거나, 이곳에서의 습관을 연장해 그곳에서의 안정감을 갖기 위한 최소한의 물건들.

오히려 치약이나 칫솔 같은 단순한 생필품은 여행지에서 사는 편이다. 주관적인 판단에 의해 캐리어로 입성하는 물건들은 시간이 지날수록 조금씩 달라지기 마련이다.

반대로 집으로 돌아가기 위해 숙소에서 짐을 싸는 작업을 떠올려 본다. 가져온 그대로 배낭이나 캐리어에 넣지만, 걸어 다니며 사고 만 물건들로 인해 부피가 커진다. 빨랫감도 한몫을 한다. 분명 버려야만 완성될 채비에 앞서 나는 다시 선별하는 작업을 한다.

버릴 물건의 목록은 기록된 적 없이 즉석에서 만들어진다. 지금 당장 내게 필요하지 않은 물건을 정하는 작업은 필요한 물건을 정하기보다도 어렵다. 버리는 일이 어렵다는 건 사람 앞에서, 어떤 선택 앞에서 반복해 온 일이지만 변함없이 어려울 뿐이다.

한 달 정도 머물렀던 태국에서는 애초에 메고 온 가방 안에 짐들이 다 들어가지 않아서 작은 캐리어를 장만한 적이 있다. 그때 버릴 물건들을 정리하기 위해 잠시 짐을 펼쳐 놓았다. 그중 타인의 눈에 가장 쓸모없어 보이는 물건을 선별해 보았다. 의심의 여지가 없이 '대신 대답해 주는 룰렛'이었다. 속으로 질문을 던지고 룰렛을 돌려 대답을 결정하는 일종의 장난감이자 미신을 담은 소품에 불과했다.

나는 여행지에서 매일매일 이 룰렛을 사용했다. 선택에 어려움을 겪을 때면 단순하게 룰렛이 가리키는 대로 했다. 자칫 부러질까 봐 상자에 넣어 다니던 룰렛을 절대로 버릴 수 없었다. 다시 돌아가면 한국은 겨울이라도 이곳은 여름이므로 내복과 기모 안감의 옷들을 버리기로 결심했다. 돌아와 가장 먼저 후회한 결정이었지만, 나를 이루는 것에 앞서 내가 가장 중요하게 여기는 것이 마음임을 알게 되었다.

인도네시아에서는 마음이 간에 있다고 믿는다. 보통 마음을 말하며 심장이 있는 가슴을 짚기 마련인데, 왜 간에 있다고 믿는지 기원은 알 수가 없다. 그러나 이 문제에 대한 답은 없다. 마음은 마음대로 이동하고, 마음대로 위치하기 때문이다. 보이지 않지만 늘 존재하고 있으면서도, 마음이 관여하지 않는 일은 단 하나도 없다. 그럼에도 마음은 사로잡히지 않는다.

젖은 얼굴을 닦는 수건과 편한 운동화는 챙기지 않으면서 미신으로 가지고 노는 룰렛이나 아주 오래된 일기장 같은 물건을 들고 다닌다. 여행의 경제성을 따지면 비효율적이란 점을 안다. 내가 달력을 쌓아 만든 규격 속에는 이제 이 보이지 않는 마음을 지지하는 세력들이 생겨나기 시작한 것이다. 그것들은 보통 생활에서 필요하다고 판단되지 않는 물건임에도 불구하고, 나는 선별하는 작업에서 우선순위로 챙기게 된다.

믿는 대로 마음은 움직인다. 원하는 대로 마음은 도착하지 않을 수 있다. 수하물의 세계에서 마음을 담고 있는 물건들은 안전하게 운반되고 있다. 다음 여행에서도 함께한다고 약속할 수 없는 이유는 마음이 매일 변하기 때문이다. 나에 대한 확신이 서는 날이면 룰렛은 장식품으로 전락할지 모른다. 무엇을 믿느냐의 문제가 아니다. 왜 믿느냐를 물을 때마다 나는 가장 마지막으로 남겨진 물건처럼 비좁은 가방의 세계를 기다린다. 마음에는 차례가 없다. 마음에는 부피가 없다. 깊이만 있을 뿐이다.

9. 지구상회

부르지도 않았는데 나는 자꾸 걷게 된다. 그러다 걸음을 멈춘 곳엔 신기하고 예쁜 것들의 세계가 펼쳐져 있다. 사고 싶은 것이 생기면 '어머, 이건 사야 돼!'라는 말 이후 곧바로 행동 개시를 할 수 있는 사람은 나의 영원한 장래 희망. 그러나 아무거나 만지작거리며 갖고 싶다는 말 대신 '꼭 나 같은 것'을 사라고 명령하는 신의 가호에 따라 신중하게 지갑을 꺼내는 일. 지구의 곳곳에 쥐덫을 놓고 나를 시험하시니, 나는 나 하나로 부족하다.

간은 꼭 콩알만 해서 큰돈은 잘 안 쓰고 못 쓴다. 그럴 큰돈도 없었지만. 대신 엽서 한 장에 삼십 분을 고민하고, 펜 몇 자루의 주인을 찾기 위해 뒤통수를 세어 보기도 한다. 그런 즐거움이 상점마다 놓여 있어서 때론 어떤 물건들이 그 나라의 향수를 간직하고 있다.

학습한 적 없지만 비싸다는 말은 수 개국 말로 하는 억척스러운 여행자로 진화했다. "Too expensive!"라고 영어로 말하기보단 그 나라의 언어를 말풍선에 섞어 본다. 그럴 만한 기회가 의외로 없다. 서툰 내 발음과 억양이 다시 계산기를 두드리는 점원의 마음을 흔들어 놓는 건 확실하다.

"리사이클 제품이에요"라고 말하면서 터무니없이 비싼 우리

나라는 아직 리사이클 제품이 귀하고 만드는 데 품이 많이 든다. 호찌민에서 가장 컸던 수확은 비료 포대들로 만든 필통, 파우치, 지갑 들이었다. 부스럭거리는 질감들이 주머니가 되어 나의 주머니를 털어 갔다.

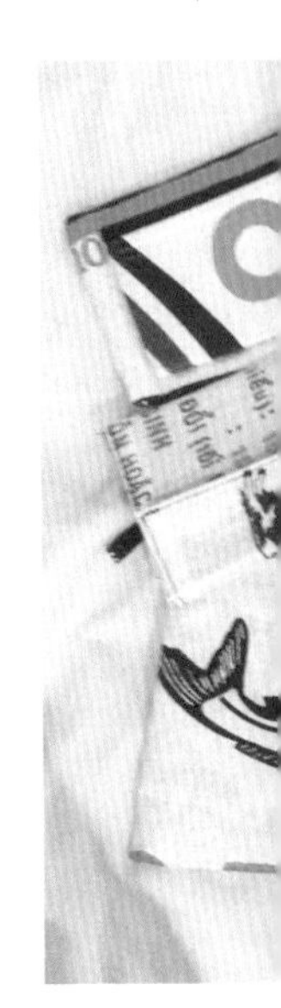

런던의 토트넘 코트 로드 지하철역을 조금 지나 걸으면 백 년의 전통을 자랑하는 타르트 가게가 하나 있다. 실제로 런던에는 백 년이 넘은 서점이나 음식점이 즐비했다. 새로운 걸 만들기보다 있던 것을 지키기가 더 어렵다는 사실을 조금 알았을 때, 반짝거리고 파릇한 것들로 인해 귀한 가치가 가려진 세속적인 도시에서 타르트 가게의 간판을 발견한 일은 참 신기하지 않을 수 없었다.

정말 이곳이 유명할까 의심되는 허름한 가게 안에서 나는 혼자 온 손님들의 귀한 안줏거리가 되었다. 카메라를 잘 간수하라는 의미로 스트랩을 손목에 감는 시늉을 하는 주인의 오지랖이라든지, 무엇이 가장 맛있는지 묻자 모든 타르트를 가리키며 태연한 표정을 짓는 직원이라든지, 지켜 온 무언가에 조금은 뻔뻔해질 수 있다는 사실이 멋있다고 느껴졌다.

메종 베르토Maison Bertaux에는 딸기 타르트를 먹기 위해 멀리 호주에서 온 노부부가 있었다. 그들의 정체를 알고선 몹시 놀란 표정을 짓긴 했지만 이해가 가지 않았다. 타르트 하나 먹

으려고 비행기를 탔다는 건 먹고살 만한 팔자이기 때문이라고 여겼다. 주문한 딸기 타르트 한 입을 베어 문 순간, 침이 고였다. 그제야 노부부의 심정이 이해가 되었다. 백 년을 지켜 온 타르트의 맛, 참을 수 없고 잊을 수 없는 맛을 기억하며 이곳을 떠나야 한다는 게 고통스러웠다.

좋아하는 것을 좋아할 수 있다는

어떤 날의 마음은 오롯하고,

어떤 날의 마음은 빈번하다.

LONDON
LONDON
ABBEY
ROAD

런던에는 백오십 년 된 해차드 서점이 있다.
그곳에서 문학 코너를 어슬렁거리다
시집인 줄 알고 고른 책이 서점 팸플릿.
그런 시행착오를 겪다가 끝내 구매한 책은

《월리를 찾아서》

너라도 찾아서 다행이다 싶은 마음을 숨기고
영어 까막눈도 숨기고
계산대 앞에서 나눈 대화가 아직도 기억에 남는다.

나 : (안경을 올리며)계산해 주세요.
백발의 점원 : (바코드를 찍으며 나를 빤히 본다)9파운드입니다.
나 : (돈을 내고 거스름돈을 기다린다)…….
백발의 점원 : (1파운드를 거슬러 주며)그런데 당신은 이미 월리를 찾은 것 같군요!

안경 쓴 나는 종종 시답잖은 별명으로 월리를 닮았다는 소리를 들었다. 책을 사 들고 신나게 나오는데 백발의 점원이 했던 말이 자꾸 떠올라서 피식 웃게 되었다.

WHERE'S WALLY?
THE INCREDIBLE PAPER CHASE
MARTIN HANDFORD

가방이 갖고 싶은데 마땅히 예쁜 가방이 없으면 나는 김소연 시인이 해준 말이 떠오른다.

"자기를 가장 잘 이해하는 자기가 자신에게 맞춰 주는 거죠. 이를테면 가방이 갖고 싶다면 머릿속에 갖고 싶은 가방의 이미지가 생기잖아요. 그런데 귀찮으니까 기성품 중에서 골라요. 기술과 시간이 있다면 만들 텐데 말이죠. 인생을 자기가 발명하고 만드는 것이 중요하지 않을까요? 돈을 지불하고 기성품 중에서 선택하는 습관이 들어서 인생도 그런 것 같아요."

나는 난생처음으로 에코백을 제작했다. 내가 제일 좋아하는 색깔을 가진 채소의 이름으로 만든 가방. 홍콩의 옹핑에서 케이블카를 탔을 때 가방에서 빛이 났다. 세상에 단 하나밖에 없는 가방이 지금 내 눈앞에 있다는 사실이 새삼 놀라웠다.

홍콩에 머문 모든 날에 비가 왔다. 비가 얄미웠고 바람은 거들었다. 여행자의 순결에 따라 날씨가 좌우된다는 농담을 들은 적이 있었다. 불순해진 나는 스탠리 마켓에 도착했을 무렵 몹시 추워 온몸을 바들바들 떨고 있었다. 계획에 없던 외투를 하나 사야 했다. 무조건 싼 옷을 찾아 상점을 이 잡듯이 뒤졌다. 혼자서 더 오랫동안 가기 위해선 넉넉한 외투를 입는 것도 괜찮을 것이다. 커피 한 잔 값에 제법 훌륭한 외투를 사 입은 나는 펄럭이며 거리를 누볐다. 옷이 지나치게 크다고 느껴져 라벨을 보니 XXXL 사이즈였고, 그래서 싸게 팔았다는 사실을 알아차렸다.

예상치 못한 쇼핑 목록을 채우긴 하지만 '홍콩 맛집 BEST 5', '런던에서 꼭 가야 할 곳!', '방콕에서 놓칠 수 없는 필수 아이템!' 같은 것엔 현혹되지 않으려고 노력했다. 발품을 많이 팔아 찾은 희소성 있는 공간이나, 나만 알고 있다는 착각일지라도 개별성에 리본을 달아 두는 편이 좋았다. 자랑을 하면서 거기에 대한 정보는 비밀에 부치는 일. 좀 까다롭게 굴면 괜찮아지는 구석도 있다.

Falcon Oasis Tourism

우리는 작은 쉼표가 되어

빈에 위치한 레오폴트 미술관 안으로 입장하기 전, 외투를 벗어야 한다는 제지를 받았다. 코인 로커 룸에 들어와 며칠째 입었던 코트를 벗었다. 곧 실내의 안락함을 가까이에서 느낄 기회가 생겼다.

백발의 노인이 막 사물함을 닫고 나오는 모습을 보았다. 동전을 넣었다가 외투를 찾아가면서 돌려받는 형식이었다. 잔돈이나 현금이 없어 전전긍긍하던 한국에서의 나와 달리 짤랑거리는 호주머니에서 자신감 있게 유로를 꺼내 들었다. 사물함 번호는 내 생일을 딴 122번이 당첨되었다.

나는 사실 기다리거나 멈춰 서야 하는 일을 좋아하지 않는다. 성격이 급해서 미술관에 갈 적엔 꼭 누구와 함께 가는 편이다. 대화가 없으면 작품을 보는 속도가 빨라지기 때문이다.

처음 들어선 미술관에는 그림마다 많은 사람들이 멈춰 서 있었다. 분홍빛 옷을 입은 백발의 중년 여성도 마치 마네킹처럼 서 있었다. 그림을 보지만, 그림을 보는 사람을 구경하는 일도 즐겁다. 유심히 보는 눈동자와 발걸음 속도, 한 발 한 발 내딛는 신중함이 선명하게 드러나기 때문이다. 빠르게 가지 않으면 놓치는 버스나 기차가 이곳엔 없고, 제자리에 머물러 온전히 자기 차례를 기다리는 작품들은 안정감을 준다.

사람들은 잠시나마 속도를 줄이기 위해서 미술관을 찾을 수도 있다. 꼭 어딘가에 놓여 있다 모인 쉼표들처럼, 또는 작품이 가진 거대한 서사 앞에 자신의 바쁜 삶의 일부를 떼어 놓는 것처럼 느껴지면 소리 없이 고요한 미술관 안의 습작이 계속되는 것이다. 작품을 소개하는 비디오 앞에서 우리는 처음 보는 사이라도 옆자리를 나눈다. 같은 곳을 응시하는 마주침으로 소파에 앉는다. 누군가 방금 머무른 자리에 겹쳐 새로운 쉼표를 찍어 내는 사람들의 음 소거된 분주함이 살아 있는 곳, 그런 인기척들이야말로 내가 본 가장 근사한 작품이다.

나는 그날 숙소에 돌아와 〈서성거림이란 글썽거림〉이라는 제목의 시를 썼다. 누군가를 위해, 어떤 일을 향해 우리가 서성거릴 때만큼은 눈동자에 가득 어떤 감정을 채우고 글썽거리는 일과 다를 바 없다고 느낀다. 서성거릴 만큼 여유가 부족한 이 거대한 도시에서 우리는 아직도 발을 동동 굴릴 수밖에 없는 기다림으로 매 순간을 살고 있기 때문이다.

자판기 앞에서, 롤러코스터 앞에서, 빈 종이 앞에서 기다리는 크고 작은 생활들은 한 시절 반짝하고 흘리는 눈물이 된다. 글썽거림이 지난 후에는 개운하게 운 듯이 시야가 맑고 투명해짐을 느낀다. 이런 경험을 미술관에서 배우고 난 후, 나는 종종 이름도 성도 모르는 작가의 전시회에 가서 작은 쉼표가 된다. 한곳에 오래 머무르지 않고 쉼 없이 떠도는 쉼표가 되어 스스로 쉴 곳이 된다.

타인의 신비

처음엔 귀를 내주는 것만으로 누군가에게 큰 힘이 되는 줄 알았다. 사실 그럴 때도 있다. 털어놓는 것만으로도 속이 풀리는 답답한 일 앞에서는 경청이 가장 큰 위로다. 가끔은 내 코가 석 자라서 미안하기도 하다. 그러나 엎드려 있는 너를 가만히 둘 수 없다. 너는 고민을 말하고 나는 청취한다. 네가 처했을 상황을 떠올리며 나는 잠시 여행을 하는 기분에 휩싸인다. 짧지만 네가 되는 여행을 하고 돌아오면 너와 나는 우리가 된다. 타인의 의미는 말없이 가까워진다.

타인에게서 나의 모습을 본다. 그럴 때는 꼭 숨어 버리고 싶거나, 그 마음을 너무 잘 알겠어서 아무런 말을 잇지 못한다. 그렇게 하지 못한 말들은 다른 방식으로 전하게 된다. 나의 주특기는 여행지에 가서 엽서를 쓰겠다고 친구들에게 약속하고 번번이 어기는 것이다.

여행을 간다는 설레는 마음만 앞서가는 약속들이 있는데, 이제는 하지 않는다. 환승하는 공항에서, 카페에서, 주저앉은 자리에서 떠오르는 타인의 얼굴을 보살필 뿐이다. 고민하며 산 엽서에 그들의 이름을 적고 걷는다. 그의 이름을 향해 나선 산책은 약속한 적 없이 어딘가로 도착하게 되고, 그 자리마다 마침표를 찍는다.

너는 자주 연착하는 비행기처럼 불안하고 높다. 너를 서성이고 다니는 나의 작은 걱정이 나에게서 서성였던 너의 마음과 만나면 좋겠다.

무엇이든 잘 모르면 좀 더 과격해지거나 아예 움츠러든다. 나의 서툰 발음을 알아듣고 음식을 내오는 서버나 버스를 타는 현지인 모두 타인이다. 영국식 영어를 쓰는 영국인들은 집 없이 거리에 나앉아 있어도 왠지 멋있어 보이고, 호찌민이나 방콕 곳곳에서 전투적으로 살아 내는 길거리 호객꾼들에겐 동정심이 느껴진다. 색안경은 타인으로부터 더 멀리 갈 수 있는 산책을 방해한다. 짝 잃은 양말 한 장, 이가 나간 밥그릇, 개똥, 담배꽁초, 속옷, 버려진 운동화 들을 본다. 그들이 사는 공간을 몰래 훔쳐볼 때는 그 안에 나름 빼곡한 규칙과 살림을 호흡해 본다. 우리는 결코 다르지 않다.

예전에는 우연히 만나 짧은 시간을 보낸 사람들이 아쉬워 연락처를 물어보는 일이 참 많았다. 지금은 그런 부연한 것들에 더 상처받으며, 어차피 정리하게 되리란 사실을 학습했다. 타인으로부터 타인이 될 때 헤어지는 용기가 누군가를 더욱 값지게 기억하는 것임을 왜 아무도 알려 주지 않았을까.

乗り放題！
痴漢は
犯罪です
ゆいレールは迷惑行為を許しません!
4月入学生募集中!

2 VOZIDLA
SE SOUHLASEM
TSK hl. m. PRAHY

〈신비한 타인 리스트〉

타미는 방콕 요리 학원 선생님이었다. 그녀는 칼을 들고 웃어 보이며 사진을 찍으라고 말하는 멋진 여성이었다. 우아한 요리보단 전투적인 요리를 하던 사람, 똠얌꿍에 고추 다섯 개를 넣어 먹겠다고 객기를 부리자 엄지를 치켜세워 준 유일한 사람.

카를로스 가족은 런던의 세인트 폴 대성당 앞에서 만났다. 스페인에서 유모차를 끌고 런던까지 왔다고. '도란도란'이라는 의태어를 몸소 보여 주던 셋이라는 홀수가 짝수처럼 나란해 보였다.

홍은 메콩 강을 자유자재로 뛰어놀던 녀석이었다. 맨발로 야자수 나무에 올라가는 기술을 선보였다. 정글짐도 무서워 벌벌 떨던 나는 이 아이의 그을림을 부러워하고 있었다.

집 밖으로 나서기 전, 나의 꼬락서니를 보기 위해 거울 앞에서 나를 타인 취급하곤 한다. 머리를 감은 거야, 만 거야 하면서 다시 나를 되찾고 문밖으로 나선다. 나는 어떤 타인일까. 사방이 거울인 곳처럼 반사되는 나의 앞, 옆, 위, 아래, 모든 평면들이 낯설어진다. 나를 많이 만나기 위해 여행에서의 낯설음을 반겼다. 두 팔 벌려 "안녕!"이라고 말하면서.

혼자서도
잘해요

아무도 내게 물어보지 않았지만 '여행이란 무엇입니까?'라는 질문을 받으면 나는 '혼자서 하는 끝말잇기'라고 말할 것이다. 두음 법칙은 안 되고, 쉽사리 끝나서도 안 되는 끝말잇기를 하는 기분 말이다. "이곳에서 저곳으로 이동하는 동안의 긴 시간만큼이나 신중하게 다음 낱말을 잇는 것이 아닐까요?"라고 우아하게 대답하고 싶다. 끝말잇기는 반드시 혼자서 해야 비로소 제맛이 나는 게임이라고.

사진 찍어 줄 사람이 없어서 방콕 왓포 사원 기둥에 타이머를 맞춘 스마트폰을 놓고 폼을 잡은 적이 있다. 사실 많은 사람들 앞에서 셀프 카메라를 찍거나 누군가에게 사진을 찍어 달라고 할 용기가 부족했다. 그래서 기둥을 믿었다. 그때만 해도 중국인과 승부차기를 할 줄은 몰랐다. 3, 2, 1……. 3초가 유난히 길다고 느껴지는 순간, 걸어가던 중국인이 '찰칵' 소리와 함께 내 스마트폰을 발로 뻥 차 버렸다. 나는 야신상을 받은 골키퍼처럼 재빨리 스마트폰을 낚아채며 선방했다. 명승부는 언제나 아찔함을 남긴다.

칭다오 공항 B번 게이트 앞에서 벼룩시장을 열듯 짐을 모두 펼쳐 놓고 중국 비자를 찾는 중이었다. 언제나 물건을 잘 챙기던 동생이 나의 호주머니에서 비자를 꺼낸 사실이 있었다. 남들이 찍어 주면 죄다 눈 감는 사진만 나온다고 믿었던 나를 오키나와를 걷는 내내 예쁘게 찍어 준 후배가 옆에 있었고, 에든버러에서 영어가 서툰 나 대신 정확하게 공연 티켓을 예매해 준 동료가 있었다. 그런 사실들이 나 혼자 있을 때를 초라하게 만들기도 했다. 그래서 스스로 가능해지려고 안간힘을 쓰는 동안 반짝거리는 땀이 나기도 했다.

1인용, 1인분, 각자, 개개인.

자취 생활은 내게 어울리는 몇 가지의 수식어를 만들어 주었다.

멋지지 않지만 잘 어울려서 별 탈 없는 별명 같은 것.

친구들은 외롭다고 재잘대곤 한다.

외로운 건 뭘까?

태국의 코사멧으로 가기 위해 배에 앉아 있는데 출발할 낌새가 보이지 않는다. 한 시간쯤 기다렸을까, 현지인으로 보이는 사람들이 짐을 싣는다. 열대 과일이 잔뜩 실린 아이스박스, 생선, 고기, 소시지, 각종 통조림, 빨대 상자 등등. 섬에서 하루 장사해서 먹고사는 사람들이 몰려와 삶의 대부분의 것들을 배에 맡긴다. 배가 가라앉으면 어쩌지 하는 걱정도 잠시, 하루 장사를 마친 사람들이 피곤한 눈꺼풀을 들어 올리며 내가 내린 배에 탈 준비를 한다. 혼자서도 씩씩해 보이는 이 사람들 뒤에는 얼마나 많은 사람들이 잠들어 있을까.

그리고 나는 얼마나 오래 자고 있었을까.

혼자 사는 건 혼자 깨어 있는 것과 같다. 이를 테면

아무도 깨워 주지 않는 아침으로부터 실감한다.

내가 나를 또렷하게 보기 위해서는

부지런해져야 했다.

여행을 떠나서도 혼자였던 나는

침대에 널브러져 내가 이불인지,

이불이 나인지 모를 정도로 자세를 잡는다.

양손으로 망고를 먹으며 "인생 뭐 있어!"

호기롭게 대사를 한다.

숙연해진 자리에는 혼자가 어울리는

귀엽고 안쓰러운 내가 있다.

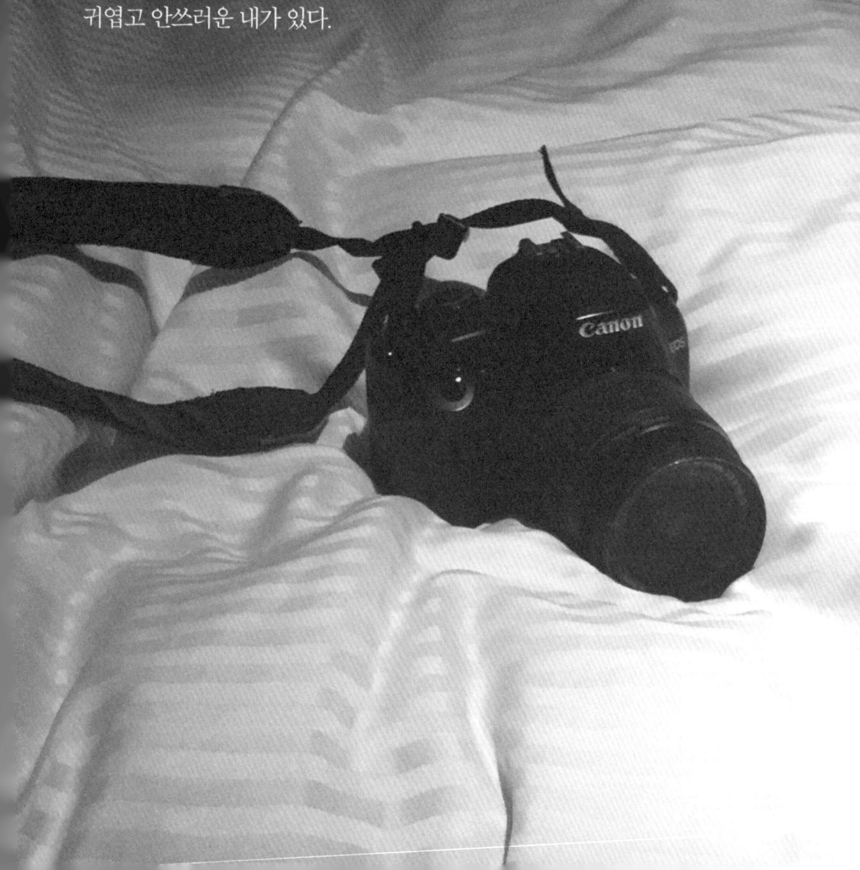

어릴 때부터 밥 한 숟갈을 꼭 남겨서 엄마가 '고수레'할 거냐고 타박을 줬다. 혼자서 밥을 먹게 되던 날부터는 꼭 밥을 푸고 한 숟갈을 덜어 내지만, 그런데도 꼭 한 숟갈을 남기곤 했다. 잔소리하는 엄마가 옆에 없으면서 나는 혼자서도 밥을 잘 먹게 되었다. 혼자서 밥 먹는 일이 제일 어렵기도 했다. 잘할 수 있지만 잘하고 싶지 않은 유일한 항목이기도 하다.

부모님의 맞벌이로 어린 나는 혼자 집에 있었다. 친구들이 놀러 오면 무척 좋아서 더 늦게 보내려고 몰래 벽시계의 시침을 앞으로 옮겨 놓기도 했다. 거대한 빅 벤의 시계탑은 어둠 속에서 가만히 앉아 있었다. 어둠이 숟가락을 들고 나를 파먹는다. 맛있다, 맛있어. 나의 런던의 밤은 살이 쪄 갔고, 그때의 배고픔은 오래 남았다.

방콕의 긴 일정으로 인해 나는 무엇을 해야 할지 고민했다. 실롬 거리에 요리 학원이 있다는 소식을 듣고 수강 일정을 예약했다. 아침 일찍 시장 앞에서 만나 장바구니에 그날의 재료를 골라 담고 요리 학원으로 가서 요리를 배우기 시작했다. 다른 수강생은 모두 함께 여행을 온 외국인이었다. 가족, 연인 등 다양했는데, 나는 혼자였다.

레드 커리에 태국 고추를 몇 개 넣을지 각자 자신감 있게 말하는 시간이었다. 매운 음식을 잘 먹지 못하는 외국인들은 아예 넣지 않거나 한 개만 넣겠다고 엄살을 부렸다. 나는 자랑스럽게 고추 다섯 개를 넣겠다고 선언했다. 모두 경악을 금치 못했다. 생각해 보면 매운 음식을 잘 먹어서라기보단, 혼자서도 잘할 수 있다는 일종의 객기였던 것 같다. 나는 고추 다섯 개를 잘 썰어 넣은 레드 커리를 다 남겼다. 맛있는 밥 앞에서 물로 배를 채우는, 슬프고 열이 나는 시간이었다.

NOTTING HILL GATE

혼자이기 때문에

잘 못해도 괜찮다는 여전한 인사를 건네고 싶다,

토라져 있는 혼자들에게.

환상 방황

템스 강 주변을 걸으며 처음 혼자 나선 산책을 즐겁게 여기고 있었다. 런던의 날씨는 형용하기 어려울 정도로 우중충하고 음산했다. 런던 아이London Eye의 반짝이는 조명과 코트를 입은 사내들, 빼곡한 건물 사이사이로 드러나는 웅장한 기념관 쪽으로 나는 분주하게 발걸음을 옮겼다.

언젠가 도리스 레싱의 소설《런던 스케치》를 읽으며 런던에 대해 막연한 환상을 가졌다. 근사하고 멋진 점이 부각된 소설은 아니었다. 런던이 가지고 있는 특유의 분위기, 그것은 꼭 회색빛을 닮아 있었다. 예쁘고 아름다운 풍경을 가진 도시가 아니라, 아주 오래전부터 인간이 만들어 세우고 인간을 닮아 버린 도시에 대한 환상 같은 것이 있었다.

빗방울이 조금씩 떨어져 잽싸게 삼단 우산을 펼쳤다. 어쩐 일인지 사람들은 우산을 쓰지 않고 걸어 다녔다. 마치 이 정도의 비는 비로 취급하지 않는다는 눈치로 씩씩하게 코트 자락을 펄럭이며 걸었다. 어쭙잖게 우산을 펼쳤던 나는 다시 우산을 접고 사람들 사이에 섞여 들었다. 부슬부슬 내리기 시작한 비는 점차 굵어졌지만 사람들은 여전히 대수로이 여기지 않는 모양이었다. 나는 타코 가게에 겨우 나 있는 처마 아래로 몸을 피했다.

한 도시를 몸소 만끽하기에는 시간이 부족했다. 속도도 나지 않는 편이었다. 매 순간마다 "여긴 런던이야!" 외치는 내가 매일매일 걸으며 풍경을 익혔다. 며칠이 지났을까, 평범한 주택가도 예쁘다고 칭송하던 나는 어디론가 사라졌다. 공사장의 소음, 거리의 매연에 신경을 곤두세우고 있었다.

도시에 대해 환상을 가졌던 날이 불과 며칠 전이었는데, 회색빛에 온통 멍이 드는 기분이 들었다. 쉼 없이 걸어 다니는 사람들, 신호등 앞에서 대기하는 사람들, 낡은 건물의 외벽을 공사하는 사람들 등 도시는 눈코 뜰 새 없이 바쁘게, 바쁘게 살아

CONVENIENCE STORE

가고 있었다. 나 홀로 슬로우 모션이 걸린 것처럼 천천히 걷는 일이 어색할 정도로 런던은 뭐든지 빨랐다.

애타게 기다리던 일들이 마침내 성사되어 눈앞에 실현되었을 때의 기분을 나열해 보면 매번 좋지 않았다. 정말 좋아하던 밴드의 공연을 처음 보던 날이나, 기다리고 기다려서 도착한 택배 상자 안의 옷이나, 달력을 접으며 버텼던 군 생활 후의 제대하던 날 등은 기다린 만큼의 기쁨에 미치지 못했다. 마치 현실이 되어 일어나면 환상이 깨지는 것처럼. 환상이 찾아오고 잦아드는 시간은 순식간이기 때문인지도 모른다.

며칠 동안 런던을 환상 속에서 방황하다가, 며칠 동안은 런던에서 소음과 공해가 없는 곳으로 도망 다녔다. 익숙해짐이 무섭고 기다림이 쓸쓸해지는 시간이었다. 비가 오면 눈치 보지 않고 우산을 펼쳤고, 아무거나 예쁘다고 단정 짓지 않았다. 모든 환상을 어기는 현실의 눈동자로 바라본 런던에는 모두 방황하는 자들만이 살고 있었다.

Who's Next?
LATITUDE
Who's Next?
B Famous
Who's Next?
B Famous

9 • 공중 산책

돌고 돌아 제자리로 오는 대관람차는 놀이 공원에서 항상 타지 않는 기구 중 하나였다. 느리고 시시했다. 여행을 하다 보면 도시의 랜드 마크처럼 대관람차를 어렵지 않게 볼 수 있었다. 역시 느린 기구에 불과했다.

제자리가 지쳐 멀리 떠나온 것이었다. 내게 여행은 큰 입구로 들어서 아주 비좁은 출구로 나와야 할 뿐이었다. 대관람차를 탄다는 것은 시간을 죽이는 일이라고 여겼다. 그 마음은 변하지 않았고 지금도 그렇다.

오사카의 햅 파이브라는 대형 쇼핑몰 옥상에는 대관람차가 있었다. 건물 옥상의 대관람차는 상상하기 어려웠다. 높은 곳에 오르기가 무서워 지금껏 대관람차를 시시하다고 여겨 버리곤 피한 것이 아닐까, 하는 추측을 해봤다. 조금 흔들렸고 조금 위축되었다. 제자리로 돌아갈 수 있다는 생각에 잠깐 안도감이 들었다.

런던에서도 런던 아이를 바라만 보았는데, 비엔나의 프라터 공원에서는 용기를 냈다. 시시한 것에도 용기가 필요한 타이밍이 온 것이다. 〈비 포 선라이즈〉라는 영화에 나왔다고 하며, 150년의 역사를 가진 오래된 놀이 공원이었다. 나는 천천히 숨 고르기를 하며 차례를 기다렸다. 칠이 다 벗겨진 오래된 기구가 더 이상 시시하지 않다고 여겨졌다.

서 있던 곳으로 어차피 돌아오게 되리란 걸 잘 알았다. 장담을 할 수 있는 이유는 지긋지긋한 생활에도 여전한 제자리가 있기 때문이다. 12시 방향에서 바깥을 내려다보았다. 점처럼 보이는 사람들과 아주 느리게 달리는 자동차를 보면서, 이 속도의 시야를 훔치고 싶었다. 실물과 가장 가까운 거리에서 두 눈으로 바라본 건 고작 한 치 앞이었다.

시시하고 느린 대관람차의 어쩌면 견고하고 웅장한 뒷모습을 보지 못한 내가 나의 시계를 너무 오래 재촉해 온 것 같았다. 덜컹거리는 대관람차의 한 칸을 혼자 차지하고서 시계 속을 달리는 사람이 되어 지나온 시간의 속도를 유추했을 때, 나는 지나치게 속력이 높거나 머뭇거리다 신호를 놓친 사람이었다. 용기가 필요했기에 망설였다고 말하려니 좀 시시했다.

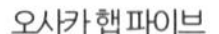
오사카 햅 파이브

오키나와 아메리칸 빌리지

방콕 아시아티크

비엔나 프라터 공원

사막의 냉장고

빈 잔을 채워 몇 모금의 시계로 쓰는 삶은 곳곳에 있었다. 이걸 모두 마시면 다시 나서야지, 하는 시계들. 갈증의 장르가 무엇인지 알아차리는 것은 중요하다. 어떤 날엔 물을 벌컥벌컥 마셔도 해결되지 않는 갈증이 있고, 어떤 날엔 친구와 이야기를 나눈 것만으로 해소되기 때문이다.

꾸미기 좋아하는 여느 20대와 마찬가지로, 나 역시 여행지에서 입을 옷에 신경을 많이 썼다. 그래서인지 짐이 많아지는 겨울에는 여행을 잘 가지 않았다. 덥겠지만 다양한 옷을 갈아입을 수 있어서 대체로 여름인 곳으로 떠났다.

영국에서는 시시때때로 비가 내리고 바람이 불어 추웠다. 안감에 기모가 들어간 후드 티셔츠를 사 입었다. 홍콩에서도 있는 내내 비가 와서 세상에서 가장 크고 싼 외투 하나를 싼 맛에 사 입기도 했다. 한국에서 입고 간 내복을 버리고 온 적도 있었다.

계절과 기후가 뒤섞인 배낭, 트렁크를 집에 돌아와 열면 한바탕 소나기가 쏟아지는 걸 느낄 수 있다. 내가 돌아왔구나, 하는 실감에서 어떤 갈증은 시작된다.

나는 커피를 좋아한다. 하루에 서너 잔 정도는 거뜬히 마시는 편이다. 뜨거운 커피는 호호 불어 가며 마실 참을성이 없어 잘 마시지 않는다. 한겨울에도 아이스다. 커피에는 언제나 시럽을 듬뿍 넣는다. "그럴 거면 왜 마시니", "슈가리카노네", 나의 입맛을 이해하지 못하는 사람들에게서 잔소리를 듣는다.

여행지에 가면 가장 먼저 외워 두는 외국어가 바로 시럽이다. 영어로 발음해도 잘못 알아듣고는 빗자루를 주던 오사카의 한 카페가 떠오른다. '탕찌엔'이라고 야무지게 발음해서 마셨던 칭다오의 달콤한 커피도 기억난다. 시럽이 필요 없는 베트남의 연유 커피는 매일 마셨다.

라테 같은 걸 끼얹었는지 커피색의 강물이 흐르던 메콩 강.

커피가 흐르는 거대한 자판기는 어디에 있지? 강줄기 따라 생업을 펼쳐 놓은 사람들이 있어 젖줄이라고 불리는 메콩 강에 얼마나 많은 살림들이 꾸려졌고, 얼마나 많은 사람들이 생을 살아 냈을까 생각하니 기분이 묘했다. 목이 마르지 않았다.

누군가는 노를 저어 메콩 강을 지나고, 누군가는 편하게 스피드 보트에 몸을 싣기도 한다. 돈이 있고 없고의 차이는 아닐 것이다. 노를 저어 가는 물길을 보트 탄 사람들은 모를 테니까. 대체로 그런 길에서 값진 것을 얻는다는데, 평생을 허름한 나무배에서 노를 저어 왔을 저 노인에게 물어보기에는 너무 먼 거리를 떨어져 있다. 가끔은 엇갈림 속에서 생기는 길도 있다.

9 3인칭 해변 시점

세수가 귀찮다는 말은 아니다. 다만 내가 여전히 꿈꾸고 있는 이상적인 여행은 아침에 일어나 세수 대신 수영을 하는 것이다. 수영만 하다가 지쳐 돌아온 침대 위에서 열대 과일을 먹으며 노트북에 있던 해묵은 영화를 보는 일. 숙면을 위해 야밤에 다시 해변으로 나가 수영을 하고 돌아온 뒤, 머리가 젖은 채로 곤히 잠에 드는 일. 이를테면 팔자 좋아 보이는 그런 것이다.

태국 코사멧의 사이깨우 비치는 물에 젖은 사람들이 대체로 웃고 있는 곳이었다. 혼자 간 터라 쭈뼛쭈뼛 발목까지만 담그고 있었다. 바다에 뛰어들자는 결심을 하려면 주머니에 있던 스마트폰과 MP3, 몇 개비 남지 않은 담배, 지갑, 목에 건 카메라를 해결해야 했다. 누군가 지켜 준다면 당장 바다에 뛰어들겠지만, 내가 가진 물건을 지켜 내는 일이 더 걱정이었다. 처음으로 내가 가진 물건들이 하찮고 쓸모없다 싶었다.

바다 보러 가고 싶다는 말을 많이 했고 많이 들었다. 바다는 먼저 보러 가는 것이 맞다. 세면대의 물줄기로부터, 욕조의 따뜻한 물 온도로부터 벗어나 마침내 바다에 당도하기. 눈곱 낀 삶에 있어 꼭 필요한 일이다.

바다가 우리를 보기도 한다. 해변 언저리에서 불꽃놀이를 하고, 물에 빠질 다음 사람을 정하고, 백사장에 무언가를 남기며, 혹은 그저 아무것도 하지 않고 자신을 바라보는 사람들에 대해 바다는 상념에 잠긴다.

해변이 관여하는 우리들의 어수선한 마음은

해변의 취미,

밀물과 썰물 사이에서 흘러들어 온 사람들을 씻겨 주는

해변의 기술,

우리는 대체로 그것들을 신뢰한다.

그룹 UP의 〈바다〉를 함께 부를 수 있는 친구들과 한 시절을 풍미했던 것처럼 해변에서 첨벙거리고 싶다.

"나의 바다야, 나의 하늘아, 나를 안고서 그렇게 잠들면 돼."

평생 사진으로만 보던 '푸른 바다'를 처음 본 것은 두바이의 주메이라 비치에 갔을 때였다. 소문난 호텔 부르즈 알 아랍을 끼고 있는 주메이라 비치는 그야말로 등 푸른 바다였다. 투명하고 별들이 총총 뛰어다닌 듯한 바다를 보고 무작정 걸어 들어갔다. 물속에 잠긴 발가락이 다 보일 정도로 투명했다. 예쁜 바다가 나를 속이는 것 같은 기분은 어쩐지 더 푸른 바다를 봐도 느낄 수 없을 귀한 기분이란 예감이 들었다.

귀한 기분을 이어 갔던 코사멧의 사이깨우 비치를 삼 일째 출근하던 날이었다. 백사장의 모래로 신발을 신던 나날이었다. 백사장에 주저앉아 담배를 피우고 있는데, 어떤 청순가련 스타일의 동양 여자가 머플러를 휘날리며 옆에 앉았다. 여자는 해변에서 나를 다섯 번 봤다며 말을 거는 것이었다. 다섯 번의 내 모습을 구체적으로 열거하던 그녀, 베이징에서 왔단다. 내가 할 줄 아는 중국어는 '고수 빼 주세요'뿐이었지만 그녀의 유

창한 영어 실력 덕분에 소통은 할 수 있었다.

엉겁결에 저녁 식사도 같이 하고 코사멧 섬을 산책하며 이야기도 나눴다. 아는 한국어가 있다며 '오빠', '싫어', '됐어', '그만해'를 말하던 그녀. 한국 드라마에서 여자 주인공들이 많이 하는 말이라고 설명했다. 무엇보다 나는 계속 누군가와 스마트폰으로 채팅을 하는 그녀가 거슬렸다. 마침 불 밝은 길을 놔두고 걸어 본 적 없는 어두컴컴한 길을 걷자고 재촉했다. 온갖 상상력이 동원되어 1분 후의 장면을 재생했다. 낭만에서 의심으로 바뀌자 별의별 의심이 들기 시작했다. 나는 머리가 아프다는 명연기를 펼치고는 숙소로 돌아와 해먹에 누워 놀란 가슴을 진정시켰다.

로맨스에는 왜 늘 스릴러가 붙는 걸까. 복합장르를 몸소 실현하고 나니 실연한 사람처럼 기진맥진했다. 해변에서만 생길 수 있는 일이었고, 실제로 그녀는 그날 밤에 페이스북 친구 신청을 걸어 왔다. 걱정이 마음의 담벼락을 넘어 버렸다는 사실을 알아차리니 갑자기 배가 고파졌다.

나도 예쁜 것만 전시해 놓거나, 남들이 토닥여 줄 만한 슬픔을 진열하고 싶다. 그게 잘 안 된다. 언제나 엉망진창이야. 섬을 떠나는 길, 길목마다 널브러져 있는 누군가의 살림들을 보고 나는 더 이상 혀를 차거나 심난해하지 않았다. 나의 생활도 마찬가지였기 때문에. 알아봐 주지 않아도 일단 먼저 내가 나를 알아차려야겠어.

슬프고 기쁘고 사랑스러운지 아직 판별되지 않은 것들이 나를 기다리고 있다. 처음으로 여행을 어서 끝내고 싶다는 마음이 들었다. 뒤죽박죽이어도 용기가 나는 것, 그래서 용기가 생기는 것. 아직 나의 집에는 환기할 수 있는 커다란 창문이 있고 생활이 머물러 있으니까. 이상한 안도감이 들었다. 내가 가고 있다.

오키나와의 선셋 비치에 도착한 후배와 나는 관광 안내소에서 5백 엔을 내고 자전거를 빌렸다. 샛노란 자전거나 예쁜 바구니가 있는 자전거면 좋았을 텐데 약간 녹이 슨 검은 자전거였다. 머릿속으로는 해변을 자전거로 질주하며 바닷바람을 온몸으로 맞는 상상을 했다. 백사장에 들어서자 울퉁불퉁 레이스의 연속이었고, 우리는 넘어졌다. 넘어졌는데도 웃고 있는 우리가 바보 같아서 페달 대신 두 발로 모래를 밟으며 미친 듯이 뛰어다녔다. 믿을 만한 바퀴는 두 발뿐이구나, 하며.

9 · 미안해요

호찌민의 퇴근길은 한국보다 조금 일찍 시작된다. 자신의 삶을 영위하기 위한 게으른 사람들의 서두름이다. 오후 4시가 되면 사방에서 오토바이들이 튀어나온다. 거리의 신또나 반미를 파는 곳은 줄이 끊이질 않는다. 여행자들이 모이는 데탐 거리에서 나는 테라스에 앉아 커피를 마시고 있었다. 선글라스로 비치는 어두운 사람들과 끝끝내 뚫고 들어오는 빛이 조화로운 시간이었다.

커피를 마시고 어디로 나설지 고민하는데 어린 아이들이 테이블 앞에 선다. 아이들이 메고 있는 좌판에는 온갖 팔찌며 엽서들이 즐비하다. 아이들은 너무 어려서, 그것만으로도 소비 욕구를 불러일으킨다. 동정심에 부채 하나, 엽서 하나, 책갈피 하나를 사 주면 다른 아이들이 똑같이 다가와 적극적으로 물건을 소개한다.

여행에서 돌아온 나는 호찌민이라는 도시를 '미안의 도시'라고 소개하고 다녔다. 그러니까 미안하다는 말을 정말 많이 하게 된 곳이다. '쏘리'를 외치며 온갖 잡상인들에게 거절을 한 셈인데, 처음에는 정말 미안해서 한 말이었다. 나중에는 귀찮다는 듯이 그들을 대했다. 끈질긴 사람들도 있었고, 여전히 어린아이들도 있었다.

첫날 아무것도 모르고 아이에게 구매했던 책갈피와 팔찌가 너덜너덜해지는 모습을 보고 물건이 좋지 않다고 생각해서 더욱 거절한 면도 없지 않아 있었다. 미안해요. 무엇이 미안한지 모르겠지만, 알팍하게나마 남은 동정심 때문이었을 것이다.

ĐIỂM GIỮ XE
2 BÁNH

ĐIỂM
GIỮ XE
5h - 22h

미안하다는 말을 여러 번 하는 날에도 고맙다는 말을 아끼지 않는다. 주제도 콘셉트도 없는 산책을 하다 보면 길을 잃어버리거나 난관에 처하는 경우가 있다. 그날 오후 우리는 호찌민의 노트르담 성당을 가기 위해 길을 나섰는데 결국 길을 잃어버렸다. 헤매는 자의 그림자는 제자리에서 두리번거리기 마련인데, 그걸 알아차린 코코넛 장수는 우리에게 다가와 친절하게 지도를 보며 노트르담 성당의 위치를 알려 주었다. 검게 익은 그의 손이 재빠르게 코코넛을 잘라 빨대를 꽂았다.

친절함에 걸맞도록 코코넛 주스 하나 정도를 사 줄 용의가 있었다. 그는 동행하던 동생 몫도 잘라 빨대를 꽂더니 터무니없는 가격을 요구했다. 내 기억으론 숙소 근처에서 코코넛 주스를 7만 동이면 살 수 있었는데, 그는 50만 동을 요구했다. 막 한 모금 빨던 코코넛을 돌려주려고 하자 그는 갑자기 화를 내기 시작했다. 계산하려던 돈에서 50만 동 화폐를 쓱 가져간 그는 정말이지 빛의 속도로 우리 눈앞에서 사라져 버렸다. 미안하다거나 고맙다는 말이 없는, 평화가 깨지는 순간이었다.

그가 안내해 준 길을 따라 걸으니 노트르담 성당이 보였다. 그 자리에서 코코넛을 바닥에 던져 버렸다. 눈 뜨고 당한 기분이 몹시 불쾌했다. 호찌민 공항에서 도심으로 오는 택시를 탔을 때도 사람 수대로 계산하던 택시 기사의 얄팍한 수법을 눈감아 준 기억이 있어서 더욱 위축될 수밖에 없었다. 잡상인이 말을 걸어 오면 그때부터 미안하다는 알맹이 없는 말로 회피했다.

그날의 분노를 교훈으로 삼아 거리에서 두리번거리지 않으려고 최대한 신중하게 노력했다. 미안의 도시에서 세운 아름다운 기억들 사이에는 미안한 것 없이 미안해지는, 내게 미안해야 하는 순간들이 옥에 티처럼 존재했다. 용서 없이 사과만 오가는 거리에서 걷는 일만으로도 빈번하게 생기는 사과의 순간들은 나를 더욱 이방인으로 만들었다.

꽃, 책, 길

홍콩의 조단 역에는 여러 가지 시장이 모여 있다. 그중 가장 눈에 띄는 시장은 꽃 시장이다. 온통 꽃집뿐이어서 거리에는 향기로움이 가득하다. 처음 보는 꽃은 당연하며, 교복을 입은 어린 학생들도, 등 굽은 노인들도, 장바구니에 대파 대신 꽃을 넣어 가는 중년의 여자들도 쉽사리 볼 수 있다.

꽃을 보고 입이 벌어진 이유는 꽃이 예뻐서가 아니다. 이렇게 많은 꽃들이 모여 있는 곳을 처음 봤기 때문이다. 저마다 꽃

을 사는 의미가 다를 테니까 사람들의 다양한 생활을 유추해 보는 재미가 있었다. 이곳의 꽃말을 읽느라 하루를 다 보내 버렸다. 한 시간짜리 코스로 짐작했는데 말이다.

꽃이 영원한 족속이었다면 꽃 시장은 북적거리지 않았을 것이다. 영원하지 않을 시간이나 일상을 기념하기 위해 영원하지 않은 꽃을 바치는 일은 아름답다. 아름답고 모자라서 늘 향기를 남기고 있었을까.

여행지의 서점에 가면 매번 언어 때문에 좌절했다. 내가 이걸 읽을 수 있다면 얼마나 좋을까. 제목이나 목차를 그림 보듯이 보고 나오면 마음이 아팠다.

방콕의 짜뚜짝 시장에서 발견한 헌책방은 그야말로 거대한 책 한 권처럼 펼쳐져 있었다. 다음에 이곳에 오면 지게가 필요할 것 같다고 일기장에 적어 놓았는데, 이 또한 흘러감에 빛바랠 문장이 될지도 모르겠다.

그날따라 눈이 많이 내렸던 뮌헨. 잠시 눈을 피하기 위해 한 서점에 들어갔다. 많은 사람들이 책을 읽는 광경이 눈에 들어왔다. 유리창 너머로 분주해 보이는 사람들과 질퍽하게 내리는 눈을 두고 난로가 켜진 서점에서 책을 읽는다. 안전한 생활을 잠시나마 만끽할 수 있는 방법이다.

코너별로 정리되어 있는 작은 서점에서 나는 문득 한국에 관한 여행안내 책자를 보고 싶었다. 언어에 한계가 있으니 그림만 보고 지나갈 서점에서 'KOREA'라고 적힌 책 한 권을 발견하고 펼쳤다. 외국인들에게 소개하는 한국의 모습은 어떨지 궁금했다. 1위부터 10위까지 잘 정리가 되어 있었는데, 내가 가 본 곳은 고작 3곳뿐이었다. 너무 멀리 걸어온 것이 아닐까 하는 생각이 들었다.

유명한 곳을 좋아하지 않는 나는 많은 사람들이 찾는 곳에 대해 숭고한 마음을 가지고 있다. 나만 알고 싶다는 욕심으로 유명하다고 소개한 곳들을 등지고 멀리멀리 에돌아가고 있는지도 모른다. 책을 덮고 창밖을 보았을 땐 눈이 그쳐 있었다.

AXA
TAXI
KJ 3639
TAXI
#NEVERSETTLE

정체 구간에 놓이면 보고 싶은 사람들의 얼굴이 쏟아졌다. 물론 보고 싶지 않은 사람이 더 많아진 삶을 살고 있다. 싸운 적 없이 소원해진 사람들, 친밀했던 한 시절에 묶여 있는 사람들……. 시간을 원망하고 싶었다. 그들을 잘 흘려보내 줘야겠다는 마음도 동시에 들었다. 미련만 가득한 안부들은 대개 반송되기 때문이다.

정체 구간에서 움직이지 않아도 나는 움직이는 중이었다. 사진 속 택시 뒤엔 'NEVER SETTLE'이라고 적혀 있었다. 이 사진을 SNS에 올리자 누군가는 내게 향하는 메시지 같다고 말했다. 정착하지 말라는 말, 우리는 계속 움직이고 있다는 말. 길이 끝나는 건 우리가 멈췄을 때라고 여겼다.

이름 없는 꽃과 낡은 책 한 권을 들고 길에 서 있는 사람이 있다. 우리는 서로 모르는 사이지만, 스쳐 지날 때 향기를 맡으며 길로 이어지는 다음 장면을 예감하기도 했다.

9 초록 무늬 광선

시나 소설 쓰는 사람들은 대개 담배를 꼬나물고 우중충한 방에서 잘 나오지 않거나, 허름한 옷을 대충 입고 슈퍼에 가는 정도로 여기는 이들을 많이 만났다. 대학교에 다닐 때도 주변 친구들이나 선배들은 문학을 한다는 어떤 열정을 이상하게 표현했다. 패배 의식에 가득 차 있고, 문학으로 편 가르기를 하고, 유치해지고 토라지는 모습을 목격했다. 조금은 싱그럽고 태연해질 수 없을까 고민했다. 나 역시 같은 부류였기 때문이다. 그게 멋있고 괜찮은 모습으로 문학을 하는 것이라고 생각했다.

어떤 편견에 사로잡힌 이미지는 바꾸기 어렵지만, 남에게 보인다는 족쇄를 풀고 나면 가뿐해진다. 그때부터 나는 색깔에 집착하기 시작했다. 흐리멍덩하고 우중충한 색깔보다는 시선을 확 사로잡는 기분 좋은 색채들. 처음에는 노란색에 열광했고, 현재는 초록색에 정착했다.

초록색을 좋아하게 된 것은 푸른 나무에게서 마치 살아 있다는 신호를 본 이후부터였다. 살아 있음을 온몸을 흔들어 말하는 나무와 숲. 초록무늬광선들이 내려앉은 곳마다 나의 눈동자가 반짝였다. 실제로 초록색은 눈에 편안함을 주고 마음을 평온하게 만드는 효과가 있다고 한다. 부작용이라면 정신이 분산되는 걸 막아서 집중력과 동시에 식욕 증가라는 효과도 있다는 점이다.

내가 곳곳에서 만난 초록은 국적을 불문하고 여전하다는 점에서 아름다웠다. 살면서 조금씩 싱그럽고 푸릇푸릇한 감각에서 멀어진다. 물리적 시간이 쌓이면 지켜 오던 초록의 채도는 옅어지고 무채색에 가까워지는 세월을 맞이해야 한다. 어떻게 하면 내 안의 초록을 잘 지켜 낼까 고민하는 마음에 햇볕이 들었다. 광합성을 했다.

군 입대를 위해 신체검사를 받으러 간 적이 있었다. 차례대로

검사를 받으면 금방 끝나는 일이었는데, 태어나 처음으로 색약 검사에서 퇴짜를 맞았다. 71이라는 숫자가 있어 71이라 말했다. 몇 번을 되묻더니 다시 오라고 했다. 시력이 나빠서 알아보지 못한 건가 의심이 들었다. 자세히 보니 74였다. 몇 개의 틀린 답을 고쳐 정확하게 말하자 진단하던 의사는 적녹 색약이 의심된다고 말했다. 심한 건 아니어서 군대에 가도 괜찮다고 했다.

어쩐지 초록색에 집착하는 내 모습을 보면 색약으로 모두 보지 못한 초록색에 한이 맺힌 것처럼 느껴진다. 분명한 점은 초록색이 색깔로 보이는 그대로가 전부는 아니라는 것이다. 초록의 느낌, 질감, 온도를 아는 자만이 초록색을 좋아한다고 할 수 있을 것이다.

내가 꿈꾸던 대학 생활이 있었다. 두꺼운 전공 서적을 베고 잔디밭에 누워 낮잠을 자거나, 푸른 나무 밑에 앉아 기타 치며 노래를 부르는 것도 포함되어 있다. 현실은 언제나 컴퓨터 앞에 앉아 나무에게 빚을 지는 활자를 종이에 새겨 넣거나, 밤새 과제를 하느라 정작 수업에는 못 가는 말짱 도루묵의 세계였다.

초록무늬광선이 가장 많이 노출되어 있는 곳은 공원이다. 공원으로 유명한 곳도 많지만 나는 우연찮게 숙소 근처에서 발견하는 작은 공원을 좋아했다. 젊은 아이들이 어울려 놀고, 유모차를 끌고 나온 엄마들이 아이와 놀아 주고, 노인들이 천천히 걷는 공원의 풍경은 어디에서도 다를 바가 없었다. 초록의 순정은 이렇게 변하지 않는 풍경을 비추면서 멈추지 않는다.

방콕의 TCDCThailand Creative Design Center 센터를 구경하고 나온 나는 한국으로 돌아갈 날이 머지않았음을 알고 있었다. 그러면 사소한 것들도 즐거워지기 시작하는데, 나는 센터 옆에 있는 이름 모를 공원에 들어섰다. 웃통을 벗고 조깅하는 노인들, 초록 잔디 위에서 단란한 시간을 보내는 가족들이 있었다.

거대한 호수 위로 흩어지는 은빛 물결과 찰나의 무지개가 조화로운 곳에서 낯선 풍경을 보았다. 당연히 언어를 알아들을 수 없으니, 그들의 행동이나 분위기만 알아차리고 유추하는 편이었다. 정장을 잘 차려입은 스무 명의 사람들이 한 사람의 설명을 듣고 있었다. 목에는 사원증 같은 것이 걸려 있었다. 표정은 하나같이 방금 나무에 열린 열매처럼 싱그러워 보였다. 신입 사원 워크숍쯤으로 짐작했다. 막 출발선에 발을 내딛은 사람들 사이로 도착을 위해 발걸음을 옮기는 내가 있었지만, 서로 크게 다르지 않을 것이다.

멋진 풍경은 우리를 느리게 걷게 하고, 근사한 대화는 더 오래 걷게 만든다. 그 안에 항상 움트고 있는 초록이 있어서 춥지도, 덥지도 않은 적당한 체온이 감지된다. 초록을 닮은 사람들에게 이따금씩 마음을 빼앗기는 날에는 내게 없는 초록에 대해 생각한다.

싱그럽지만 뿌리로 단단해져 왔을 분주함을 느끼면 노력하는 사람이고 싶은 순간이 있다. 근사한 공원이 조성되기까지, 그리고 이곳을 거닐며 하나의 생활이 돋아나기까지 초록의 노력으로 만들어진 아름다운 풍경을 두 눈 속에 담고 싶었다. 그럴 수 없었다. 대신 두 발이 기억할 수는 있었다.

9 가장 소란한 침묵

뮌헨 중앙역에서 다하우로 가기 위해선 전철인 S-BAHN을 타야 했다. 다하우에는 제2차 세계 대전 당시 사용되었던 유태인 수용소 일부가 그대로 남아 있었다. 나치 전범의 수용소로 이용되기도 했던 그곳은 지금 수용자들의 생활을 담은 전시와 유품들로 많은 관광객이 찾는 장소가 되었다.

다하우 역에서 726번 버스를 탔는데, 정말 많은 관광객이 수용소로 가기 위해 이곳에 왔음을 알 수 있었다. 가족, 친구, 현장 학습을 나온 학생 등이 찾아온 모습이었다. 다하우는 작고 아기자기한 도시였다. 수많은 나무들이 우거져 있는 도로를 지나 수용소 정류장에 도착했다.

ARBEIT MACHT FREI
노동이 자유롭게 하리라

차가운 수용소의 철문에는 이런 문구가 박혀 있었다. 지금은 많은 사람들이 이곳에 왔음을 인증하는 사진 명소로 바뀌었지만, 매일같이 철문을 오갔을 사람들의 마음을 헤아리면 끔찍한 일이 아닐 수 없다. 나는 독일어로 적힌 안내문을 읽을 수 없어 침묵을 지켰다.

평일임에도 정말 많은 사람들이 찾아왔다. 30여 개의 막사에 20만 명 정도의 수감자가 이곳을 거쳐 갔다고 했다. 흔적밖에 남지 않은 막사에는 사람 하나 눕기 어려운 나무 침대의 윤곽만이 남아 있었다. 가스가 새어 나오는 샤워실 앞에서 목마름을 삼켰을 사람들이 떠올랐다. 그들의 유품과 생활이 낱낱이 공개되어 전시되는 곳에는 금니만을 뽑아 모아 둔 사진 한 장이 있었다. 그것을 관리하는 나치 군인의 새하얀 미소와 함께.

ARBEI
MACHT FRE

수용소는 넓었다. 외곽을 중심으로 구경하고 있는데, 수용소 한가운데에 일렬로 서 있는 아이들이 눈에 띄었다. 선생님의 설명을 경청하는 아이들의 빨개진 귀와 입김이 있었다. 아무런 말을 하고 있지 않았지만 소란한 느낌이 들었다. 이곳 사람들은 실제 침묵을 지키며 관람을 했다. 침울해진 마음을 다독이고, 이내 무너져 내린 마음을 들키지 않기 위해 발걸음을 옮기는 모습이었다.

독일은 많은 자국민들에게 부끄러운 과거를 공개하고 있다. 알고 있다는 것, 우리가 지금 살아 숨 쉬는 이 땅에 많은 이들의 울음이 맺혀 있다는 사실을 아는 것만으로도 미약하게나마 반성하는 태도일지도 모른다. 가정 교사처럼 역사는 우리 곁에서

가르침을 준다. 사실 역사를 몰라도 살아가는 데 지장은 없다.

어린아이들의 거친 입김과 빨개진 귀를 보면서 마음이 시끄러워지는 순간을 맞이했다. 침묵을 견디지 못해 숙소로 돌아와 무언가를 계속 적었던 기억이 난다. 무엇을 적었는지 알 수 없었지만, 모른다고 침묵으로 일관하던 나의 태도에 분노했던 것 같다. 아픔을 잊는 사람에게는 더 큰 아픔이 있을 것이라는 단언도 분명하게 적었다. 그 문장을 또 잊고 살지라도 침묵으로 가득 차오른 마음속에는 분명 소란함이 있을 것이다.

뼈밖에 남지 않아 등뼈가 훤히 드러나 보이던 수감자의 사진 한 장이 떠올랐다. 피곤한 몸을 뉘인 침대가 딱딱하게 느껴지는 밤이었다.

어젯밤 빵, 오늘의 수프

프라하에서 열흘째 되던 날에 나는 일기장에 이렇게 적었다.

“햄버거 먹으려고 여기까지 온 게 아닐까?”

말줄임표와 의미 없는 낙서들을 보니 무언가 고민한 흔적이 가득해 보였다. 일기장에 햄버거라는 단어가 많이 나온 것이 단서다.

눈에 밟히는 게 패스트푸드점이고, 혼자서 밥을 먹기에 가장 알맞은 곳이기도 해서 자주 햄버거를 사 먹었다. 처음에는 유럽에 왔으니 유럽적인 식사를 한다고 좋아했지만, 패티와 소스만 바뀌는 매일의 메뉴는 식상했다. 정말 햄버거 먹으려고 여기까지 온 것 같은 기분이 들면 용기를 내어 웨이팅이 삼십 분 넘는 곳에서 혼자 테이블을 차지하고 밥을 먹었다. 어쩐지 부담감이 커서 밥이 코로 들어가는지, 입으로 들어가는지 알 수 없었다. 단란하게 밥 먹는 사람들은 메뉴판에 얼굴을 박고 심사숙고했고 서로 잔을 부딪쳤다. 이처럼 좋은 곳에서 나도 그러고 싶었으나, 현실은 손에 꽉 쥔 햄버거 종이봉투와 몇 개의 빵이었다.

밥을 먹는다는 일은 늘 있는 일이지만, 나는 무엇을 먹느냐보다 누구와 어디에서 먹느냐를 더 중요하게 여겼다. 밥이야 언제든지 먹을 수 있다. 오늘은 제육볶음이 아니라 된장국이어도 괜찮은 것이다. 내일은 내일 먹고 싶은 음식이 생겨날 테니까. 함께 먹을 사람은 오늘내일 할 바가 아니라서 신중했다. 그러다 보니 공수표도 날렸다. 밥 한번 먹어야지. 밥 먹자. 그런 약속들은 미루고 미뤄질 때마다 변하고 있었다. 밥 한번 먹기 정말 힘드네.

마트에는 정말 많은 빵들이 베이커리 못지않게 진열되어 있었다. 늘 허기를 쥐고 가신지 숙소로 포장해 온 빵은 항상 남았다. 아침이면 어젯밤의 빵을 먹으며 빵은 시간이 지나도 빵이라서 좋다는 생각을 했다. 식으면 먹을 수 없거나 상하는 음식이라면 기분도 변해 버렸을지 모르기 때문이다.

뮌헨 중앙역을 오가는 사람 중에는 관광객만큼 일하는 사람들도 굉장히 많았다. 우리나라의 노량진처럼 먹을 것들이 즐비한 노점은 없지만 군데군데 음식을 파는 곳이 많았다. 나는 햄버거에 질려서 모처럼 새로운 메뉴에 도전했다. 독일어라 뭔지 몰라도 수프를 파는 곳에서 광고 중인 새로운 메뉴를 주문했다. 수프는 분명 햄버거와는 다른 따뜻함을 가진 새로운 대책이었다. 이것으로 배가 차지 않을 터라 역시 한 손엔 빵 봉투를 쥐고 있었다.

숙소로 돌아와 잔뜩 기대하는 마음으로 포장된 수프를 열었다. 집에서 해 먹던 옥수수 수프나 레스토랑에서 먹던 수프가 아니었다. 소시지가 둥둥 떠다니는 희멀건 국물이었다. 뭔가 당한 느낌도 들고, 메뉴판에서 본 사진과는 다른 수프라 당황스러웠다. 이건 나도 만들겠다 싶은 마음이 들 정도였다.

김이 모락모락 나던 탓에 안경에 김이 서렸다. 나는 플라스틱 스푼을 들고 소시지를 이리저리 헤엄시켰다. 한 입 떠먹은 오늘의 수프는 실패였다. 그날 사 온 빵을 남김없이 다 먹을 수밖에 없었다. 그래도 배가 고팠다. 허기진 마음에는 어떤 스푼을 들어야 할까 고민이 되었다.

9 Room for rent

Room for rent.

코사멧 섬을 산책하면서 가장 많이 본 문구였다. 빈 건물로 보이는 외벽에 현수막이며 패널이 손님을 기다리고 있었다. 방을 빌려준다는 말은 이상한 문장이 아니지만 어쩐지 슬프다고도 여겨졌다. 편한 집을 떠나와 도마뱀을 마주하고 시원찮은 수압에 고양이 세수를 하는 우리가 빌려주기 위한 방에서

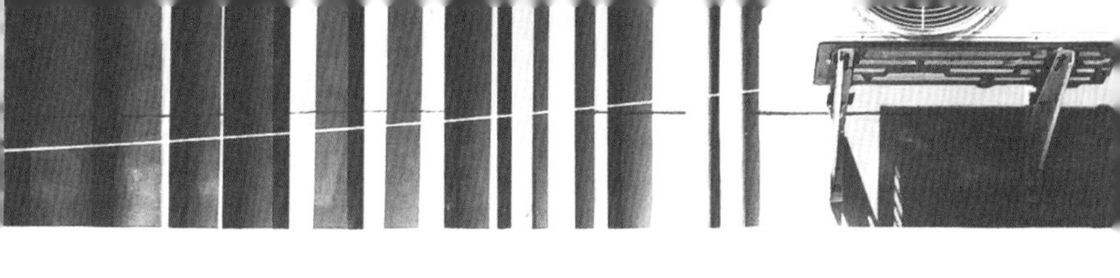

시끄러운 마음을 잘 재울 수 있을까. 청승맞게 눈물 젖은 베개를 가내 수공업 할 수도 있고, 지겹게 듣던 노래에 춤을 출 수도 있는 불 켜진 방들을 보노라면 왠지 외로운 여정이 아니라는 느낌이 들었다.

여행지 숙소에서 나는 항상 TV를 켜 놓는다.

그리고 무슨 말인지 알 수 없는 언어를 들어 본다.

일본 뉴스에서는 JR 노선을 달리는 기차를 보여 주며

심각한 표정을 짓는 앵커의 뉘앙스를 알아차리고,

태국 드라마의 격정적인 멜로에선 이루어지기 힘든 사랑을 감지한다.

대충 분위기를 봐 가며 대본을 써 보는 것도 즐겁다.

혼잣말로 더빙을 하는 금상첨화까지 누리면

심심하지 않게 피로의 등을 다독여 줄 수 있다.

어떤 창문은 영화가 되고, 어떤 창문은 액자가 된다.

창문의 장르가 궁금할 때 우리는 조용해진다.

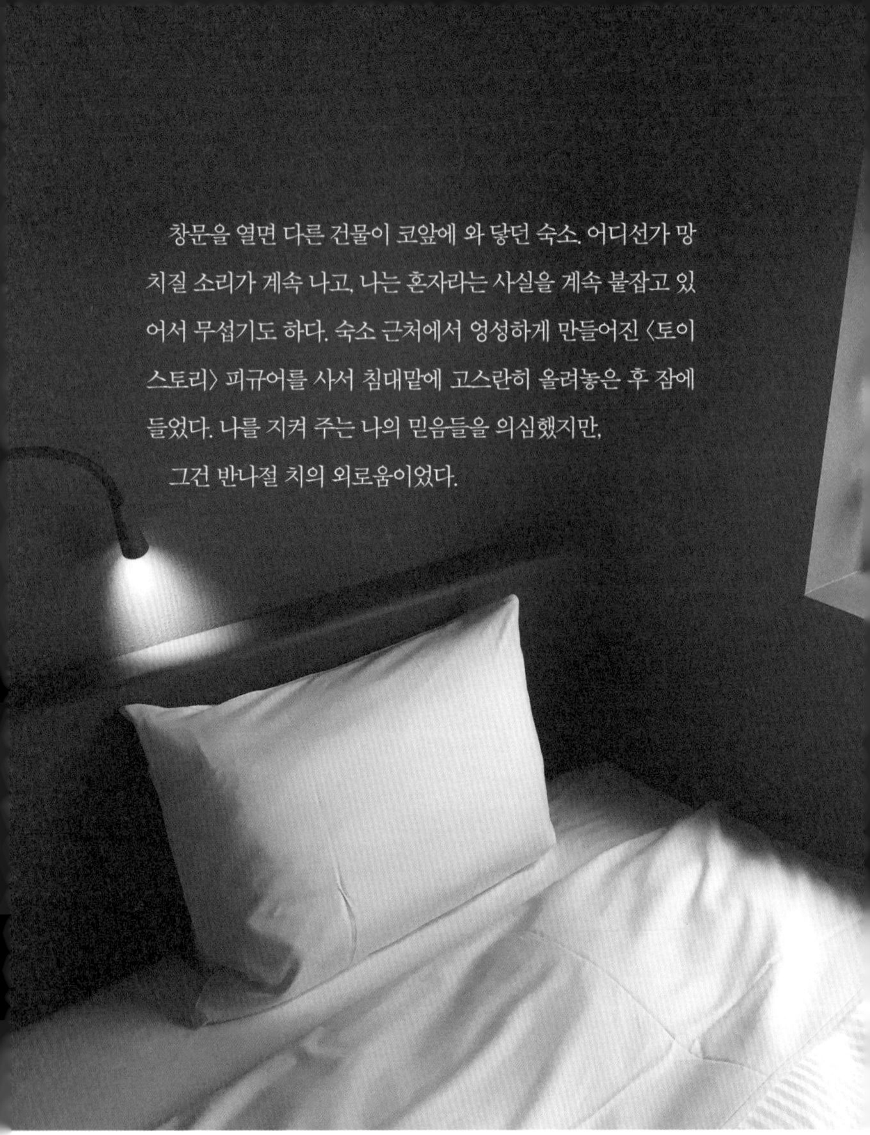

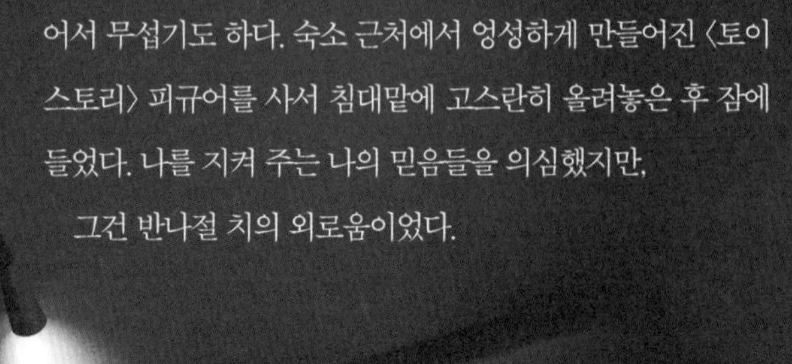

창문을 열면 다른 건물이 코앞에 와 닿던 숙소. 어디선가 망치질 소리가 계속 나고, 나는 혼자라는 사실을 계속 붙잡고 있어서 무섭기도 하다. 숙소 근처에서 엉성하게 만들어진 〈토이 스토리〉 피규어를 사서 침대맡에 고스란히 올려놓은 후 잠에 들었다. 나를 지켜 주는 나의 믿음들을 의심했지만,

그건 반나절 치의 외로움이었다.

숙소로 돌아가면 벗어 놓은 나의 운동화가 고양이들의 장난감이 되어 있었다. 제멋대로 벗어진 신발을 등지고 밤하늘 아래 해먹에 가만히 누워 나의 지금이 언젠가 상상해 두었던 미래임을 실감하기도 했다. 내일을 기다리며 고른 편의점 군것질이 부스럭거리던 밤, 어둠이 도사리며 나를 축낼 것이라고 믿었던 어려움과 두려움이 조금씩 나를 놓아 주자, 나는 곤히 잘 수 있게 되었다.

내 물건들이 숙소에서 제법 제자리를 갖출 때, 이를테면 세면대 위에 올려놓은 화장품들이 자연스럽거나 잘 개켜 놓은 옷들이 차곡차곡 쌓여 있으면 내 집처럼 동선이 부드러워진다. 1인용 침대에 누워 집에서 옮겨 온 잠을 잔다. 내가 살아 있다는 것과 여전하다는 것이 교차하는 순간 눈을 감게 된다.

여행 중에 마감하는 원고는 나와 상관없는 환경에 방해받은 적이 많았다. 사람들은 여행 가서 글이 더 잘 써지겠다고 흔히 말했다. 어디에서 어떻게 있든지 간에 수집한 언어로 글을 짓고 사고하는 나는 그리 쉽게 변하지 않는다고 여겼다. 와이파이가 잘 터지는 화장실 구석에서 메일을 보내기도 하고, 아이피 우회 프로그램을 설치해 우리나라 홈페이지에 접속하는 노력들. 우리나라에선 하지 않을 걱정들이 어떤 장면들 속에 놓여 있다.

내가 사는 방을 쪼개어

타인이 앉을 자리, 누울 자리를 빌려줄 때마다

내가 묵었던 타인의 방들이 떠오른다.

빚지고 민폐로 가득했던 어떤 날의 내가

살며시 울어도 모르는 척해 주었던

주인들이 운영하는 낡고 열악한 여관들.

이곳에서 나는 당신들의 안녕을 빌고 있어요.

기념할 만한 사진을 찍었지

"가만있어 봐. 하나, 둘, 셋!"

유명한 관광지에 들어서면 늘 듣는 소리다. 어디에나 있고 어디에도 없는 그런 소리를 들으면 반가우면서도 피곤해진다. 단체로 관광 온 부모님 또래의 한국 사람들은 투박하게 관광지를 독점하고서는 기념할 만한 사진을 찍는다. 기념사진과는 전혀 어울리지 않는 벽이나 길 한복판에서도 계속된다.

기나긴 산책이 끝나리란 예감이 들면 어김없이 사진을 남졌다. 의미를 달지 않아도 사진만으로 충분한 기념을 마쳐야 그 자리를 떠나 다시 걸을 수 있기 때문이다. 그럼에도 발걸음을 옮기지 못하는 언저리에서 이런 대화를 나눈 적이 있다.

뮌헨 숙소에 있던 어느 날, 스페인에서 공부 중이던 친구에게 연락이 왔다. 둘 다 한국 땅을 떠나온 곳에서 연락을 하고 있자 신기한 기분이 들었다. 누워서 수다나 떨어 볼까 했는데 친구가 언젠가 겪은 이야기를 들려주었다. 바티칸 대성당 화장실에서 만난 중년의 한국 여행자와 껴안고 울 뻔했다는 내용이었다. 왜 그랬을까? 창피함이 드는 순간 친구는 엄마가 생각났다고 했다. 그러니까 단순히 엄마가 보고 싶어서 모르는 사람을 껴안고 울 뻔한 것이 아니라, 부모님과 같은 연배의 여행자들을 보면서 좋은 곳에 나만 와서 미안하고 죄송한 마음이 컸다는 것이다.

전주에 살고 있는 나의 엄마는 지나가다 예쁜 꽃이나 나무만 봐도 그 앞에서 사진을 찍는다. 친구들과 교외로 나가도 사진을 찍는다. 기념할 만한 사진을 찍어 주는 일이 귀찮았는데, 부쩍 예전 사진들을 통해 하루하루가 달라지는 모습을 실감하는 엄마를 지켜보게 된다. 여행하다 화장품 코너에서 '안티에이징'을 찾아 선물을 사 가곤 했다. 그 크림이 엄마를 되돌릴 수는 없는 것이다.

프라하를 떠나 체스키 크룸로프로 가는 버스에서 한 모녀를 만난 적이 있다. 모녀는 우왕좌왕하는 모습으로 겨우 버스에 탔다. 두 사람은 내게 한국인인지 물어보고는 이것저것 질문을 했다. 아는 선에서 최선을 다해 이야기해 주었다. 어머님은 고맙다며 내 손에 무언가를 쥐어 주었다. 홍삼 사탕이었다. 정확히는 홍삼 향이 나는 사탕이었다. 입에 사탕을 넣고 이리저리 굴리며 도착하기만을 기다렸다. 정겨운 향기가 계속 입에 남았다.

사탕이 사라지고 난 후에도 계속 남는 사람이 있다. 불쑥 그 사람을 기억하면 기념사진을 찍어 주고 싶어진다. 머지않아 환한 웃음을 기대하는 내 얼굴이 차창에 비치고 있었다.

1인분 식당

"거기에서 에그타르트 먹었어?"
"거기 맛집 가 봤어?"
"거기서만 판다는 거 먹어 봤어?"

여독을 풀기 위해 친구들을 만나면 이런 질문들을 던졌다. 고개를 절레절레 흔들면 말도 안 된다며 나보다 더 아쉬워했다. 나는 먹는 것에 그리 큰 흥미를 가지고 있지 않았다. 길지 않지만 8년간의 자취 생활을 통해 '남이 해주는 음식은 다 맛있다'는 결론을 얻었다. 매 끼니 무엇을 먹을지 고민했다. 더운 여름날 불 앞에서 말도 안 되는 요리를 하고 있자면, 그만두고 굶어야겠다는 결심을 하는 데 그리 오래 걸리지 않았다.

여행을 하면서는 특히 음식에 대한 욕심이 없었다. 아무 곳이나 들어가서 먹었고, 먹고 싶은 것이 생기면 메뉴를 찾지 간판을 따지지는 않았다. 누군가와 함께한 여행에서도 마찬가지였다. 기대가 없으니 실망도 크지 않았다. 오히려 어떤 그릇에 음식이 담겨져 나오는지, 어떤 방법으로 낯선 음식을 먹어야 하는지 따위에 신경을 쓴 편이었다.

어느 해 봄, 대학교를 자퇴한 동생은 냉면집에 있었고 휴학한 나는 집에 있었다. 둘 다 처음으로 학교에 얽매이지 않는 시간이었다. 동생의 첫 아르바이트와 첫 월급. 나는 집에서 쓴 원고들을 보내고 받은, 얼마 되지 않는 원고료를 차곡차곡 모았다. 시 한 편에 3만 원, 산문은 7만 원.

그렇게 모은 우리는 힘들게 일했으니 떠나라는 누군가의 명령도 없이 떠나자는 합의에 이르렀다. 매일 밤 땡처리 비행기표를 알아보는 것이 일이었다. '일'이었지만 귀찮지 않고 이상하게 설레었다. 그런 믿음이 어느 날 우리를 칭다오로 가는 비행기에 데려다 놓았다.

"형, 기내식이 기대돼."

처음 여행을 간 동생은 맹물과 삼각김밥,

땅콩 앞에서 숙연해졌다.

우리의 첫 여행은 그렇게 시작했다.

"이번 생애엔 볶음밥 탈출은 힘들겠어."

해변이 보이는 식당에 앉아 정체불명의 볶음밥을 먹으면서 중얼거렸다. 집에서 만만하게 해 먹던 볶음밥의 계보에서 크게 달라지지 않는 나의 입맛, 나의 취향이 여전해서 질렸고 여전해서 좋았다. 철 지난 케이블 방송을 보며 꾸역꾸역 한 끼를 때우던 내가,

어디로 도망가지 않고 있어서 안심했다.

"그만 먹어. 너, 너무 많이 먹었어."

"괜찮아. 다 먹고 살자고 하는 짓이잖아."

"그래? 그러면 조금 더 시킬까?"

"문제없어. 아주 훌륭한 선택이야."

말로만 듣던 베트남 쌀국수 체험을 위해 들어간 곳은 간판도 없는 식당이었다. 유니폼은 입었지만 체인점인지 의심스럽고, 낡은 타일에 시원한 바람 한 점 없는 식당. 그렇지만 한 그릇 먹고 나니 의심이 싹 달아났다. 쌀국수의 마법 덕에 처음으로 베트남이 좋아졌다. 소박한 마음을 들킨 것 같아서 인중에 땀이 나기 시작했다.

음식에 대한 도전 정신이 부족했던 나는 허기가 진 탓에 호찌민 길거리에서 흔히 보이는 반미를 사 먹었다. 우리나라 돈으로 천 원이면 바게트 샌드위치를 사 먹을 수 있다. 반신반의하던 나는 입속에서 순식간에 사라진 반미를 찬양했다. 이곳이 베트남이라는 사실을 입안 한가득 느꼈다. 그러고야 말았다.

도저히 용기가 나지 않으면 가장 만만한 햄버거를 시켜 먹었다. 실패할 일 없지만 성공할 일도 없는 메뉴였다.

만나기만 하면 밥 한번 먹자던 학교 선배가 있었다. 그렇게 따지면 우리는 벌써 몇 날 며칠 동안 삼시 세끼를 먹어야 했다. 나 역시도 그런 공수표를 주변 사람들에게 많이 날렸다. "왜 우리 밥 안 먹어?"라고 원망스럽게 물어보는 사람도 있었다.

만날 먹는 게 밥인데, 밥이 그렇

게도 중요한가? 밥그릇을 부딪치며 나누는 대화와 안부 같은 것들에 우리는 허기가 져 있는지도 모른다. 그걸 알면서도 자주 헷갈리는 이 허기는 아무래도 달래기 어렵다. 어렵고, 보이지 않아서, 마음은 그래서, 보이지 않음에도 자꾸 불리는 것이다.

방과 후 지구

프라하로 가는 비행기에서 입국 신고서를 적어 나갔다. 직업란에 뭐라고 쓸지 늘 시인과 학생 사이에서 고민하던 나는 이제 졸업을 해서 선택의 폭이 줄었다. 학생으로 합의했던 시간이 도드라졌고, 나는 망설이는 일이 적어졌다.

MBC 시트콤 〈논스톱〉이 대학교에 대한 환상을 키운 것이 분명했다. 매일매일 무언가 사건 사고에 휘말리고, 각양각색의 친구들과 캠퍼스를 누비며, 그야말로 시트콤 같은 일들을 겪는다. 대학생이 되면 나도 저렇게 될까? 막연하게 꿨던 꿈은 참으로 싱거운 맛이었다. 낭만이라는 장르는 결코 호락호락하지 않았던 것이다.

다들 예쁘고 멋진 나이라고 말하며, 그것이 '청춘'으로 열거될 삶이라는 것도 잘 안다. 일찌감치 시를 쓰기 시작한 나는 '지나치게 감성적이지 않나', '세상은 각지고 모가 나 있는데 나는 혼자만의 세계에 갇히지는 않았나' 하는 경계심을 품기도 했다. 새로운 국면이 필요했다. 대학생으로 누리는 마지막 빈칸을 이용해 나는 LG럽젠 학생 기자에 지원하여 일 년 동안 활동하게 되었다. 그동안 내가 써 온 글과 다르게 객관적인 사실을 전달하는 기사를 쓰고 콘텐츠를 제작해야 했다. 해외를 탐방하여 취재할 기회도 주어졌다.

그해 여름, 해외 탐방지로 두바이와 영국이 정해지면서 나는 많은 준비를 했다. 내가 대학생이어선지 외국의 대학생들이 궁금했다. 영국 대학생들도 팀 과제를 하면서 서로 암암리에 흉을 볼까? 성적 이의 제기를 전투적으로 할까? 호기심으로 시작했던 기획은 영국 옥스퍼드 대학과 케임브리지 대학을 방문하는 것으로 완성되었다.

소수 정예라는 비법이 확실한 학원의 은밀한 강의처럼 나는 사람들을 적게 좁게 만나 왔다. 새로운 사람을 만나는 게 힘들었다. 대신 잘 알던 사람들을 깊게 만나자는 주의였다.

두바이와 영국을 방문하는 2주간의 여정은 난생처음 만나 학생 기자 활동을 한 9명의 친구들과 동행했다. 그들과 같은 목적으로 각자 다른 방법을 활용해 무언가를 조금씩 해냈다. 나는 내가 규정한 사람의 범위가 넓어지고 있음을 느꼈다. 그동안 미리 쳐 놓은 울타리 때문에 내가 나를 허락하지 못했다. 그렇게 흘러간 사람들이 너무 많았다는 것이 서글펐다.

여행을 가면 사람들의 얼굴을 함부로 마주하게 되고, 함부로 잊기도 한다. 불현듯 마주하는 사람들을 잘 보내 주고 곁에 있는 사람들을 애틋하게 들이는 과정의 연속이었다. 매일 비가 와도 우산을 펼치거나 지붕 밑으로 뛰어드는 이 없이 비를 어깨로 맞으며 걷는 영국 사람들처럼 자연스러워지는 일이었다.

일본 영화나 대만 영화를 좋아했던 나는 그곳의 교복 입은 학생들을 보는 것이 즐거웠다. 나의 대학 생활이 〈논스톱〉이 아니었던 것처럼 그

들의 학교생활 역시 〈말할 수 없는 비밀〉이나 〈스윙 걸즈〉가 아닐 것이다.

대만 단수이에 있는 담강중학교를 갔었다. 이곳이 〈말할 수 없는 비밀〉의 촬영지였다는 사실을 알았지만, 막상 가서 보니 기억나는 장면은 영화가 아니라 다른 것이었다. 영화를 처음 본 장소는 DVD방이었다. 친구 넷이서 무더운 여름을 피하고자 좁은 DVD방 안에 구겨져 들어갔다. 누구는 졸고, 누구는 지나치게 영화에 몰입하고, 누구는 먹기만 했던 방 한 칸짜리 기억이 통째로 불러오기에 성공한 것이다. 상상하고 계획했던 낭만이 아니었어도 지금 돌이켜 보면 낭만이란 견출지를 붙일 만한 기억이 되었다. 여행을 하지 않았더라면 끝끝내 사라지고 말았을 어떤 기억이었다.

이름보다 별명을 더 많이 부르는 때

운동장에 먼지바람 일으키며 뛰노는 아이들

하굣길에 교문으로 우르르 쏟아지는 아이들

집 가는 길은 모두 똑같은데 유난히 짧아 아쉬운 수다

흐트러지는 웃음소리, 단정한 교복

이런 것들이 영원할 줄 알았던 여름날의 교실과

죽은 벌레가 수북한 창틀 같은 기억들

둘이 되려고, 두리번거렸다

바짝 벌어 바짝 가자.

이런 말을 새겨 보곤 했다.

반짝반짝 같은 말과 비슷하면서도 사뭇 다른,

나를 옥죄는 '바짝'이라는 부사가

왠지 허전하고 쓸쓸하기도 했다.

동생은 냉면집에서, 나는 학원가를 전전하며 돈을 모았다.

여름이 끝나기 전에 일을 그만두고 어디론가 떠나 오래 있다가 오자는 약속을 했다. 한여름의 냉면집은 더위만큼이나 바글바글한 인파로 힘들었고, 동생은 녹초가 되었다. 방학을 노리고 성적 향상을 도모하던 학생들은 제각기 초심을 가지고 책상 앞까지 왔다가 이내 졸았다. 시간과 돈을 바꾸는 일이라, 여행의 몇 분처럼 하루가 지나갔다.

바짝 벌어서 바짝 다녀오자는 말이 눈앞에 선하고 짠해서 다시 의기를 회복했다. 기다렸던 프리미어리그 축구 경기를 앞에 두고 우리는 그 흔한 치킨을 시키지 못했다. 가서 더 좋은 거 먹자는 약속은 무승부처럼 싱거웠지만, 우리는 바짝 벌어 바짝 갔다 와야 했다.

우리가 무언가에 열렬해질 수 있다는 행운, 함께한다는 안도감. 당장 다음을 예정할 수 없는 바다 위일지라도 행운을 지켜 내려는 노력이 시간을 보채고 방파제를 넘실거렸다. 우리가 손에서 놓치는 어떤 미끄러운 물건과 같은 행운이 빈번하다.

엄마와 단둘이 처음 여행을 간 적이 있었다. 우리는 설레고 설레는 마음을 숨기지 못하며 여행을 준비했다. 그렇게 닿은 8월의 후쿠오카는 엄마와 나에게 모두 처음이었다. 혼자서 뭐든 해내고야 마는 것이 정답인 줄로 알았던 내게 엄마라는 여행 파트너는 든든했다. 내가 이만큼 커서 낯선 후쿠오카에서도 음식을 주문하고, 고속버스 표를 예약하는 모습을 보여 주고 싶었다. 잘하고 있음을 보여 주려는 어린 마음을 들켜 버리고는 부끄러워 잠을 잘 자지 못했다. 엄마가 환하게 웃는 모습, 유후인 거리의 상점 곳곳을 누비며 우산 하나 고르는 데 반나절을 보내는 마음 같은 것들이 반짝거리는 여름밤이었다.

내가 가진 허수경 시인의 너덜너덜한 시집《혼자 가는 먼 집》을 펼치면 언제나 이 구절에 도착한다.

"나의 돌아감을 나여 허락하라
나는 나에게밖에 허락을 간구할 때가 없나니"

혼자 가는 첫 여행도 있었다.

1인용의 마음으로 언제나 살아왔지만 녹록지 않았다. 나 혼자 사는 세상이라도 나 혼자만 있는 것은 아니었다. 사람들이 빛으로 깃들고 종이 위로 와서 시가 되는 경우도 많았으니까.

점심 느지막하게 일어나 중국집에 “자장면 한 그릇도 배달되나요?”, 나만의 아침 인사를 타전하고는 집이라고 부르기도 민망한 방 안에서 혼자 분주히 살림을 했다.

내가 나를 허락하는 순간까지 나는 혼자가 아니었다.

둘이었을 때 빛났고 셋이었을 때 예뻤던 시절도 충분히 많았다.

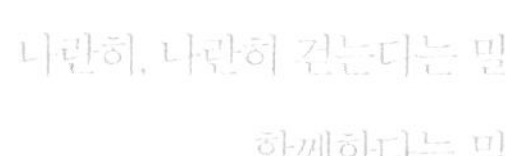

나란히, 나란히 걷는다는 말

함께한다는 말

우리라는 공동체가 발명하는 단어 속에서

각자 혼자였던 시간들이 깍지를 끼고 있었다

하나!

둘!

셋!

그리고 넷!

배 속의 내 동생은 쉿, 하고 말하지

숨은그림찾기처럼

9 꼬리라는 이름의 종족

꼬리 달린 동물들은 세계 어디에서든 보였는데, 낯선 외국인들과 다르게 공평한 눈빛을 내게 보내거나 그마저도 귀찮아했다. 그래서 경계심을 풀고 그들을 통해 둥근 지구 위를 잠시 이동해 왔을 뿐이라고 안심할 수 있었다.

반려견과 함께 횡단보도에서 신호를 기다리던 노인이 있었다. 거리에서 낮잠을 즐기며 게으른 삶을 보내는 강아지, 꼬리를 바짝 치켜세운 고양이, 버려진 밥상 밑에서 밤인 줄 착각하고 자는 고양이 들도 있었다.

일본의 나라 시는 사슴을 위한 법도 있을 만큼 사슴으로 유명한 곳이었다. 사람보다 사슴이 더 많은 것 같았다. 사슴이 길을 건너자 자동차들이 멈춰 섰다. 쭈그리고 앉아 사슴을 눈높이에서 볼 수 있는 곳이었다.

꼬리라는 이름의 종족들은 한 겹 한 겹 다른 페이지를 연결해 주는 해설자이다. 낯설고 새로운 공간에서 이방인이 더 무섭지 않도록 달래 주는 영혼 같다고 해야 할까. 잘못 들어선 골목에서 너를 만나 안도감이 들고, 우리가 같이 숨 쉬고 있다는 사실에 마음을 놓는 경우가 종종 있었다.

동물들 덕분에 내가 있는 장면이 마치 신비롭고 동화 같다는 착각도 많이 했다. 휴가철이면 버려지는 애완동물들이 많다는 뉴스를 얼마 전에 접했다. 탈탈거리며 돌아가는 낡은 선풍기 바람을 나눠 쐬던 태국의 개와 사람들이 떠오르기도 했고, 의젓하게 기다리다 주인과 발 맞춰 걸을 줄 알던 영국의 개들도 기억났다. 동물에게 마음을 이입해 마치 동물이 나를 채워 준다는 느낌으로 커 나간 꼬리 없는 종족과 꼬리라는 이름의 종족 간의 관계를 생각했다.

사람이 번번이 실패하는 능력.
순진무구한 눈빛으로 오래 있어 주거나,
아무런 뜻과 욕심 없이 곁에 있어 주는 것.
그 능력이 버려진 곳에는 자는 일로
하루를 소일하는 동물들이 있었고,
능력을 인정받은 동물들은 죄다 목줄을 하고 있었다.

너는 내 이름을 한 번도 불러 준 적 없으면서
내게 있다는 신비.
너는 있다.

여름이라

사랑할 수 있는

목록들

∞ 실내에서 관람하는 장대비

∞ 더운 거리를 찢으며 돌아다니다가 시원한 카페에서 마

시는 커피 한잔

∞ 더운 날에도 용기가 필요한 찬물 샤워

∞ 여름밤이 태양을 배신하며 만드는 선선한 바람

∞ 강물 흐르는 소리, 파도가 휘몰아치는 소리

∞ 백사장에서 맨발을 꼼지락거리며 마시는 맥주

∞ 긴 열대야보다 길어질 예정인 밤샘 대화

∞ 비가 내린 후 더욱 안간힘을 쓰는 초록들

∞ 그늘 밑의 벤치

∞ 얼음이 녹아 가는 만큼 빠르게 지나가는 시간들

의도한 부분도 있었지만 나는 여행 중에 겨울을 보낸 적이 거의 없다. 겨울에 여름이 있는 곳으로 가거나, 여름에 더 더운 여름으로 간 적은 있다. 나는 여름을 좋아한다. 그렇게 고백하면 땀을 뻘뻘 흘리며 이해할 수 없다는 경멸의 눈빛을 보내는 사람도 적지 않다. 여름을 좋아하는 이유는 겨울이 싫어서인 듯하다.

날씨 걱정을 하면서 나는 여름의 매력을 느낀다. 언제나 여름에는 최선이 없다. 시원하고 선선한 여름이란 없다. 덥거나, 무덥거나, 찌거나. 더위의 정도를 말하는 다양한 말들이 항상 나쁘지만 더 나쁘고 최악이었던 시절로 번역된다. 이미 많이 나빠서 그냥저냥 나쁜 정도로는 나쁘다는 생각이 들지 않아서 좋았다. 일 년 내내 무더운 나라에 다녀오면 한국의 더위에는 콧방귀가 나는 것과 같은 이치였다.

여름에는 숨는 것들이 없어서 좋다. 웃통 벗고 거리를 걷는 사람이 즐비한 동남아시아의 대부분이 그랬다. 많은 살림이 바깥에 나와 있고, 매일같이 젖은 빨래가 널려 있다. 덥지만 사람들이 움츠러들지 않는 풍경에서 영양소를 공급받았다.

겨울만의 매력도 있겠지만, 패션쇼를 해야 하는 여행지에서 겨울옷은 감당하기가 힘들다. 사서 입으면 되지 싶은 마음은 돌아오며 눈덩이처럼 무거운 짐이 되기도 한다. 티 한 장 싸게 사서 땀내 젖은 채로 구겨 입고 집에 돌아와 세탁기에 넣는다.

Thailand

나는 그때의 환기를 좋아한다. 겨울에는 잘 할 수 없는 일이다.

땀을 뻘뻘 흘리면 내가 열심히 살고 있다는 착각에 빠진다. 여름은 내게 그런 계절이다. 열심히 살게 만들고, 열심히 살았다고 벌을 주는 계절. 이 짠내 나는 벌을 받지 못하면 마음은 눈사람처럼 녹게 된다.

가을에게 전해 줄 것을 만들기 위해 여름을 자주 걸었다. 겨드랑이가 울어도, 발바닥에 땀띠가 노크해도 괜찮을 만큼 걸었다. 각자의 여름 계획들이 한데 모여 흐르는 날짜 변경선에서 우리는 다른 종류의 구름이었다. 비가 되어 몰려다니기도 했고, 구름 한 점 없이 맑기도 했다. 여름에는 그것을 볼 수 있어서 자꾸 멈춰 서기도 한다.

9 패배자의 전투력

살면서 이상한 기운을 느낀 적이 있다. 딱 두 가지의 상황이었다. 하나는 군대에서 막 제대했을 당시. 그땐 뭐든지 할 수 있을 것 같은 오만함으로 가득 차 있었다. 못 할 것 없이 전부 해보겠다는 자신감은 삼 개월 정도 갔는데, 당시의 나는 세상에서 가장 용감했다.

또 하나는 바로 여행을 다녀온 뒤이다. 여행을 다녀온 후엔 이상하게 삶이 즐겁고 낯설게 느껴진다. 다시 재밌게 살 수 있

을 설렘으로 휩싸인다. 그마저 오래가는 편은 아니지만, 나는 이 신비한 기운 덕분에 자꾸 어디론가 집과 반대 방향으로 걸으려고 한다.

동생과 나는 오사카의 한복판에 있었다. 오늘 정한 코스들을 대략적으로 마무리하고, 대망의 우메다 공중정원만이 남아 있었다. 어렴풋이 해가 지는 중이라 일몰과 야경을 동시에 즐길 히든 타임이었다.

우메다 역에 내린 우리는 사전에 조사한 대로 길을 따라갔다. 퇴근 시간의 우메다 역은 전쟁터였다. 사람들 사이로 길을 따라가는데, 아무래도 길을 잃었다는 기분을 지울 수 없었다.

"여기 아까 왔던 곳이잖아."

이런 말이 들리면 우리는 원점이었다. 그렇게 몇 번을 반복해도 계속 출발점이었다. 오사카는 어둠으로 가득 물들었고, 일몰은 포기한 상태였다. 큰 건물이 눈에 띌 법도 한데, 그날따라

선택하는 갈림길이 모두 틀린 모양이었다. 넥타이 부대들 사이에서 이마에 땀이 맺히도록 겨우겨우 길을 만들며 걸었다. 지금껏 헤매던 길과 달라 무사히 도착할 거라는 확신이 들었다.

"형, 여기는 다카쓰 역인데?"

한 정거장을 더 걸어왔을 뿐이었다. 짜증과 화가 파도를 쳤고, 시간은 벌써 8시가 넘어갔다. 나는 그때 포기라는 단어를 썼다. 숙소로 돌아가는 지하철 안, 사람들 틈에 끼어 겨우 자리를 잡았다. 떠나는 실패자의 쓸쓸한 자리는 기억조차 나지 않을 정도로 사소했다.

TV 여행 프로그램에서 우메다 공중정원이 나오면 배가 아프다. 그때의 포기가 옳았던 판단인지 곰곰 생각해 보는 계기가 된다. 그날 우메다 공중정원을 가지 못한 속상함 때문에 다음 날 더욱 바지런히 걸었던 기억이 난다. 자기 전에 루트를 철저하게 조사하고 부지런하게 이정표를 따라 걸었다. 더 걷지 않아도 될 때부터 모든 것이 피로가 된다는 사실을 이미 몸소 느꼈다. 실수를 줄이기 위해, 더 이상 실패하지 않기 위해 안간힘을 썼다.

어디로 여행을 떠나면 매번 실패를 맞이했다. 한국에서도 반대 방향으로 가는 지하철을 타기 일쑤인데, 이 실패들을 모아 커다란 용기를 만들었는지도 모른다. 여행을 다녀오면 전투력이 상승하는 바이오리듬에는 실패를 만회하기 위해, 야경이나 일몰과 같은 아름다운 순간을 놓치지 않기 위해 눈에 심지를 켜는 무언가가 있지 않을까.

환승 구역

옹핑 빌리지에서 홍콩 역으로 돌아가는 지하철역 앞에는 미끄러우니 조심하라고 적힌 입간판이 넘어져 있었다. 난센스 같은 상황을 보면서 나는 어떤 충고나 위로는 신빙성이 떨어진다고 확신했다. 자신을 돌보지도 않으면서 누군가에게 돌보라고 말하는 일. 나는 제임스 설터의 단편 소설 〈포기〉에 나오는 한 구절을 떠올린다.

'하라고 할 수는 없지만, 하지 말라고 할 수는 있다.'

충전과 방전을 번갈아 가며 하는 일. 바짝 벌어 바짝 가는 여행은 그런 것이었다. 에너지를 소진하는 방향으로 에너지가 생기는 공장이 문 열면 좋겠다. 맨땅에 헤딩을 하고 다른 길을 찾아 헤맸더라도 그날의 베트남과 그해 여름은 나에게 햇빛을 선사했다. 광합성을 하며 나도 모르게 충전되고 있었다는 건 변하지 않는 사실이 되었다.

나라에서 나라로 환승하는 일을 여행이라고 말했지만, 어떤 상황에서 떠나오느냐에 따라 다른 여정을 안내하기도 했다. 마음을 정리하기 위해서, 어떤 큰일을 앞두고서, 아무 고민 없이 등등. 환승 구역에서 충전은 유료, 방전은 무료.

영국 워털루 역에는 각지로 이동하기 위해 많은 사람들이 모인다. 공항에서도 환승을 기다리는 사람들을 쉽사리 본다. 나도 짧은 동선으로 이동하며 환승을 하곤 했다. 버스에서 지하철로, 지하철에서 도보로.

갈아타기가 생각보다 어려워질 때 반드시 일어나는 실수는 차가 떠난다는 걱정에서 오는 조급함 때문이다. 다짜고짜 올라탄 지하철이 정반대로 가 버리거나 도로 원점으로 돌아간 적도 많다. 여행지뿐만 아니라 신도림 역에서도 저지르는 실수이다. 조금 망설일 줄 알아야 하는 환승 구역에서 나는 '8282'라는 암호를 지워 버렸다.

추억을 팔아 최고 매출을 찍는 밤이면 잠을 잘 이루지 못했다. 컴퓨터엔 사진 폴더가 비교적 잘 정리되어 있다. 여행에서 돌아와 폴더 속에 작은 폴더를 만들어 사진을 넣었다가 다시금 폴더를 열면, 할머니 댁에서 열어 보는 장독대처럼 눅눅하고 쿰쿰한 냄새가 난다. 호찌민 쌀국수 식당에서 맡았던 고수

Platforms 12 to 18
Through Ticket Gates
WHSmith
Tickets
Tickets

SUPER SATURDAY
PRICE BOOST
16
JCDecaux
beauty
health

냄새, 영국에서 먹었던 피시앤칩스의 맛, 오사카에서 먹었던 진한 육수의 돈코츠라멘, 방콕 공원에서 느꼈던 목덜미의 더위……. 다양한 감각을 불러오면 나는 일상에서 잠시 여행으로 환승하게 된다.

같이 여행 갔던 이와 사진을 보며 "그때 그랬잖아. 기억 안 나?", 서로 질의응답을 하는 시간도 여행이 주는 즐거움 중 하나다. 단지 혼자 남겨지면 집 안의 구조가 삭막해 보이고, 내일 할 일들이 지나치게 많아 보이는 걱정에 빠지게 된다. 깨어난 감각들을 겨우 달래 잠에 들면 언제 그랬냐는 듯 일상으로 잘 녹아들게 뻔하다. 하지만 어떤 기록을 했느냐에 따라 환승 방법은 달라진다. 아무런 기록 없이도 머릿속에서 "환승입니다" 하고 찍히는 교통 카드가 있는 것이니.

어떤 엇갈림 속에 우리는 더 멀리 나아갈 수도 있고
그만 멈춰 서야 할 수도 있다.
그것을 아는 용기만이
환승역에 몰려 있는 사람들 중 일부를 데려간다.
나는 늘 다음 차를 기다려야 했던 사람이었다.

EXOTIC BURGERS
Kangaroo Burgers - Wild Boar Burgers - Ostrich Burgers

9 이후의 삶

— 오키나와

다시 일상으로.

여행을 끝마치고 돌아온 시간은 어떤 여운으로 출렁거린다.
배가 정박하기 직전에 출렁거리는 정도.

오키나와는 내가 좋아하는 것들로 가득한 곳이었다.
사람들이 재빨리 흩어지고 천천히 나란해지기도 하는 거리에서 나는 이미 흘려보낸 어떤 시간들을 정립하거나 마주할 시간들을 조금 떠올렸다.

오키나와에 가고 싶었던 것은
김소연 시인과 나눈 이야기 덕분이었다.
이렇게 오키나와에 다녀올 수 있었던 용기와
즐거운 여정과 옆 사람 모두 훌륭했다는 점도
오래 기억될 부분이다.

사소해지거나 너무 쉽게 망각해 버리는 것들이
우열을 가리지 못하고 내 속에서 시끄럽게 구는 상황이 밉고 피곤했다.
아무런 생각 없이,
의도와 목적을 달지 않고 발이 뻗어 나아가는 대로,
날씨와 온도에 따라 몸이 느끼는 대로 이겨 나가는
일상이 조금은 필요했는데,
몇 가지의 고지서와 몇 가지의 다툼과
몇 가지의 해야 할 일을 앞에 두고는
나는 자신이 없었다.

작년 4월 오키나와로 가는 통장을 만들어
코 묻은 돈을 모은 것이 커다란 마음의 이자로
불어난 느낌이었다.
맛있고 멋있는 곳을 꼭 찾지 않아도
서툴지만 정확하게 음식을 주문하려고
어떤 나라의 언어를 말해 보는 일.
잘 모르겠지만 눈치와 상황으로 짐작해 보는 그 시점부터
익숙했던 내 생활에 시차가 생기는 것인지도 모르겠다.

취향에도 둔감해지는 요즘
내가 사랑하는 것들의 목록을 채우고
조금 더 세밀하게 나를 만질 수 있다.

끝난 뒤의 여운이 새로운 여정을 만들기도 한다.
올해 이미 나는 띄엄띄엄 어디론가 가서
이런 일들을 반복할 수도 있다.

여섯 시에 합정역에서 만나 늘 가던 카페와 식당에서
하루를 소일하는 것도 좋지만,
좋은 곳에 와서 자연스럽게 떠오르는 사람들을 추억하는 것도

내가 사람들을 만나는 하나의 방식이다.
그런 과정에서 받아 적는 시와 시 사이의 글자들, 안부들이
다시 자라나 차가운 머리맡에서 잠꼬대처럼 되뇌게 되는
적당한 피곤함도 필요하다.

그래서 나는
아마도, 오키나와에 있었던 것 같다.

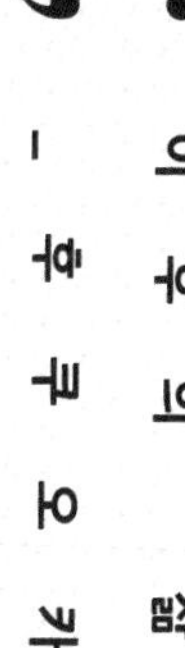

후쿠오카의 영문 표기는 Fukuoka이다.
F가 ㅎ 발음이 나는 것이 좋아서 후쿠오카를 선택했다.
엄마와 같이 가는 첫 여행이었다.
혼자 망나니처럼 여행을 다니다가 규칙적으로 뭔가 책임감에
사로잡힌 여행은 처음이었다.
그럼에도 함께 노닐거나 엄마와 대화를 많이 하지는 않았지만,
내 옆 사람이 엄마여서, 할 수 있는 것들이 많아서 새로웠다.

우산을 잃어버렸는데 처음으로 혼나지 않은 장면까지도.

'나란하다'라는 말을 생각한 여행이었다.

우리는 나란히 유후인의 거리를 걸었고,
모모치 해변을 따라 걸었다.
김치송을 작곡해야 했던 일본 음식은 엄마에게 맞지 않았지만, 사소하고 간결하고 깊고 자세하고 아기자기한 볼거리들은 걷는 일을 그만두게 했다.

장래 희망이 어항 속 물고기였던 후쿠오카의 여름은 무더웠다.
엄마와 아들 간에 할 만한 이야기들은 하지 않았다.
단지 우리는 몇 시에 버스를 탈지 의논하거나,
시골 상점에서 장바구니를 보며 외할머니 선물을 고르거나,
이것보다 저것이 맛있게 생겼다는 정도의
대화에 머물러 있었다. 그래서 좋았다.
역할을 지우고 우리는 비슷하게, 나란해졌다.

긴린코 호수의 고즈넉함을 잊지 못할 그날은
배우 유해진을 우연히 만난 날이었다.

그날 우산 상점에서 엄마는
보랏빛이 은은하게 도는 장우산을 샀다.
이걸 어떻게 한국까지 들고 가지?
구매 후에 오는 고민을 지울 수 없었다.
무엇보다도 이걸 잃어버리지 않고
공항까지 가지고 갈 수는 있을까?
작고 사소해진 고민은 우리를 순간 웃음바다에 빠트렸다.
한국에 온 엄마는 비가 내리는 날이면
보랏빛이 도는 우산을 펼친다.

엄마는 스무 살에 나를 낳았다.
내가 스무 살이 되던 해엔
엄마의 스무 살을 떠올리던 날이 많았다.
걱정을 끼치지 않고 살면서
엄마에게 엄마만의 시간을 주고 싶었다.
스무 살에 만끽했을 새것 같은 시간이 아니라
꼭 헌것으로 돌려주는 기분이 들어 죄스러웠지만.
가끔은 죄스러운 시간에 함께 걷고 함께 먹고
함께 이야기한다는 기분을 내는 것도 좋았다.

머물자 하니 떠나왔고, 떠나자 하니 머무르게 되었다.

나란하다는 마법이 이루어진 여행이었다.

이후의 삶

— 방콕

2015. 03. 03.

람부뜨리 골목에 있는 한 노천카페에 앉아 있다.

에리히 프롬의 《사랑의 기술》을 캐리어에 겨우 구겨 넣어 왔는데, 여행 2주 만에 책을 펼쳤다. 나는 다음과 같은 문장에 밑줄을 그었다.

"사랑이 없으면 하루라도 인간성을 느끼지 못한다."

조금 부끄럽다. 나는 하루하루 인간성을 느끼지만 사랑이 없

었다고 생각한 적이 많았다.

우연찮게 노란색 재떨이와 노란색 빨대가 나와 기분이 좋다. 색깔은 정직하게 나를 환영하고 있다.

몸이 녹아내릴 듯이 무더운 이곳의 오늘은 34도.

그냥 한국말을 쓰고 싶어서 끼적이는 오후 2시 14분이다.

노란 머리 외국인들과 타투 소녀들, 배낭 여행객들, 노부부들이 내 앞을 지나간다.

나처럼 혼자 온 사람도 많다.

하나면 하나지 둘이겠느냐던 영심이의 노래와

지나치게 따뜻해서 여름을 예습하는 이 시간이

끈적거리듯 계속 기억날 것 같다.

더워서 책장 넘기는 일도 끈적거린다고 해 두자.

이번 대학 졸업식 날 제일 친한 친구가 내 이름을 새긴 만년필을 선물해 주었고, 나는 그것으로 글을 쓰고 있다.

더워서 만년필촉이 자주 굳는다. 굳지 않을 정도로만 이곳에서 쓸 예정이다.

(다음 날 만년필 고장)

2015. 03. 07.

매일 같은 시간에 찾아드는 나를 알아본 점원이 애써 주문을 받지 않고 아이스 아메리카노를 갖다 주었다. 기분이 좋았다. 태국 사람들은 잘 웃는다. 나는 웃는 사람이 좋다.

그 웃음을 기억하고 돌아 나와 반바지를 사려고 돌아다녔다. 분명 브랜드 자수가 놓여 있지만 어딘가 허접한 구석이 있어서 제일 긴 실밥을 찾아 점원에게 보여 주었다. 비싸게 눌렀던 계산기 숫자가 0으로 돌아오는 순간이었다.

억척스러운 내가 신기하다. 삶을 배우고 여유를 잃는 상황이다. 하지만 난센스는 더해진다. 그런 재미를 느끼고 싶어서 여행을 오는 것이 아닐까 하는 추측도 해본다.

오늘은 동물원에 가는 날이다. 방콕에 여행 온 사람들 대다수는 보잘것없는 두싯 동물원에 가지 않는 모양이다. 검색을 해도 나오는 글이 몇 개 없다. 나는 이런 곳이 좋다. 미지의 세계를 알게 되는 기분이란 대체로 각오가 필요하다.

맹수를 보고 오지 못한 어린 날의 동물원이 떠오른다. 어렴풋한 기억들이 남아서 동물원이라는 공간 자체를 좋아하는 것 같다. 어렴풋해졌지만 그래서 더 애틋해지는 기억들이 이자가 붙듯 늘어난다. 언제까지 나는 각오가 필요할까. 그것들을 놓치지 않으려는 안간힘으로부터 탄력을 갖는다. 지난 과거로부

터 오늘까지, 오늘을 기점으로 손에 닿을 만큼만 먼 미래까지.

2015. 03. 11.

여기는 방콕의 스쿰빗에 위치한 벤자시리 공원이다.

정확한 이름이 맞는지 잘 모르겠지만, 꼬부랑 태국어 밑에 적힌 영문 표기를 읽었다.

나는 어젯밤부터 돌아갈 일에 대해 생각 중이다. 지금 벤치에 앉아 있고, 세 바퀴를 돌면 앉아서 쉬는 노인이 방금 막 뛰기 시작한다.

기분 좋은 바람이 불고, 좋아하는 노래들이 선별되어 나온다. 나와 무관한 사람들이 스치듯 지나가고, 어떤 말도 건네지 않는 것이 싫지 않다.

마음이 완화되고 생각은 잠긴다. 다시 떠오를 정도로 비우는 일이 필요하다.

조금의 땀을 훔치다 시원한 바람을 운 좋게 맞이하는 생활이 익숙해졌다.

이름 모를 공원에서 완벽하게 여름을 훔친 기분도 들고, 돌아가 살아 낼 용기를 도둑맞은 기분도 든다. 아깝지 않을 정도로만 말이다.

여행에서 충전한다는 말은 거짓말이 아닐까.

이곳에서 소비하거나 버리는 마음들도 있다. 0으로 돌아가는 일을 하고 있는 것 같다. 0이 되어야만 하는 이유는 없지만, 100이 되어 돌아간다는 다짐보다는 덜 위험하다는 확신이 든다.

또 땀이 난다. 웃통을 벗은 노인이 조깅을 하고 있다. 저 노인이 운동을 마치면 나도 벤치에서 일어나야겠다. 나에게 훌륭한 경치와 시계가 되어 준 노인을 왠지 잊지 말아야 할 것 같다.

오늘 치의 세수를 하고, 오늘 치의 피로를 잊을 것이다.

THE CREST

2015. 03. 18.

수완나품 공항에서 홍콩 공항에 왔다. 별일 없나 싶었는데 3시간 연착 소식을 접했다. 이곳에 앉아서 쓰는 일기를 내가 언제 다시 거들떠볼지 모르겠다. 지금 내가 글을 쓰는 이유는 글 쓰는 걸 좋아해서가 아니다. 글을 쓰면 시간을 금방 보낼 수 있기 때문이다. 지금의 글쓰기는 하나의 방법에 불과하다.

기다리니까 기다리는 이야기를 쓰려고 한다. 나는 기다리는 것을 굉장히 싫어한다. 그래서 놀이 공원도 잘 가지 않고 잘 아는 맛집도 거의 없다. 그렇다고 시간을 아껴 쓰는 것도 아니다. 기다리는 동안의 무료함을 견디지 못하는 족속임에 틀림없다. 더군다나 한국까지 닿을 시간보다 길게 기다리는 지금은 참을 수 없다. 새벽 시간대라 지나는 사람이 아무도 없다. 기다림은 이처럼 고요하고 곤욕스럽다.

연말에 시집이 나왔으면 좋겠는데, 과연

될지 모르겠다. 등단하고 7년 차가 되었다. 사람들은 내게 7년을 기다렸다고 말하지만, 내가 시집을 기다린 지는 그리 오래되지 않았다. 정확히는 시집을 펴내는 시인으로서의 삶을 기다렸다기보다는 내 이름이 새겨진 책을 갖는, 물욕에 가까운 기다림이 컸다. 시집이 좋을지 나쁠지 고민하기보다도 예쁘게 내 손에 쥐어질지에 대한 걱정들. 조급함 때문에 나는 조금 더 천천히 하자고 마음먹었는지도 모른다.

어쨌든 첫 시집을 준비하는 동안 온갖 종류의 기다림은 나를 질기게 만들었다. 그만큼 유연해지다 못해 탄성을 잃은 마음도 있다. 그런 생각을 하다 보면 지금의 세 시간은 아무것도 아닌 셈이다.

이 문장을 썼을 때는 이미 38분이 흘러 있다. 신기하다. 글을 쓰면 내가 시간에 흘러간다는 이상한 신비로움을 느낀다. 지나간 시간을 세면 반드시 남아 있는 시간이 계산되니까.

손목시계를 옷소매 안으로 깊숙이 집어넣는 홍콩의 밤. 나는 언제 이 밤을 복기할지 궁금하다. 그때 나는 어떤 기다림을 가지고 있을지도 궁금하다. 무엇을 기다릴지 기다리는 일을 한다. 자발적으로.

เป๊ปซี่

빨래 덕후

군대에서는 건조대 쟁탈전이 펼쳐졌다. 빨랫감은 많고 건조대는 한정적이었다. 펼쳐서 반반 나눠 써야 하는 상황도 많았다. 계급이 낮은 나는 몇 칸 안 되는 건조대에 빨래를 겨우 널곤 했는데, 가지런하게 정렬해 빨래를 널면 안도감이 들었다. 양말이 제 짝을 찾아 나란하게 널린 모습, 수건끼리 펼쳐져 널린 모습을 보면 이상하게 어수선했던 마음도 잠잠해지곤 했다.

그때 이후로 빨래에 대한 신뢰감이 생겼고, 집에서도 빨래를

즐겨 했다. (물론 빨래란 정말 귀찮은 일이다.) 여행 사진을 무심코 살펴보면 군데군데 몰래 찍어 온 빨래 사진이 많다. 빨래 덕후가 되어 가는가, 불안해지면 자꾸 빨래가 하고 싶어진다.

방콕에 있을 때 나는 한량처럼 걸어 다녔다. 카오산 로드부터 람부뜨리까지 계속 왕복했다. 하루는 골목길에 아주 긴 옷걸이가 놓여 있었고, 거기에 구제로 보이는 옷들이 걸려 있었다. 구제 옷을 좋아하는 나는 하나씩 들춰 보며 살 만한 옷을 찾았다. 더워서 반팔이 부족했는데 잘됐다 싶어서 전투적인 손길로 옷을 고르며 주인이 나오길 기다렸다.

문을 열고 나온 중년의 여자가 이상한 눈초리로 나를 쳐다보았다. 그녀는 내가 구경하는 옷걸이에 젖은 빨래를 하나씩 걸었다. 옷 가게가 아니라 한 집의 살림살이였음을 깨달은 나는 민망한 손을 호주머니에 넣고 도망쳤다. 빨래 덕후의 아찔했던 위기 순간이었다.

햇볕이 좋은 낮을 기다린다. 창문을 활짝 열고 환기를 하면 폴폴 날리는 먼지까지 선명하게 보이는 시간. 그 시간이면 나는 젖은 빨래를 들고 낮의 가운데로 향한다. 바짝 마른 빨래를 개는 일은 하루 일과를 가시적으로 정돈하는 것처럼 여겨진다. 빨래가 어머니가 해주던 생활의 일부였을 때는 몰랐던 기쁨이다.

빨래를 탁탁 털고 건조대의 행간에 차곡차곡 배치하는 일이 나는 좋다. 건조대 하나를 경제적으로 쓰기 위해 양말은 옷가지 사이사이에 널고, 수건은 수건대로 차례를 만들어 가는 일. 유난히 햇볕이 뜨겁거나 선선하게 바람이 부는 날이면 빨래는 금세 마른다. 언제 젖었냐는 듯이 빨래는 마르고, 시간은 그런 반복 속에서 조금씩 흩어져 간다.

요즘은 빨래에 대한 기쁨을 느끼기가 어렵다. 날씨가 무척 좋아서 서둘러 빨래를 돌리고 밖으로 나가 햇볕 드는 자리를

찾는데 미세 먼지가 '나쁨'으로 뜬다. 마치 눈 뜨고 코 베이는 느낌이랄까. 물먹어 무거운 빨래를 들고 돌아와 방 한구석에 넌다. 어쩐지 축 처지고 눅눅해지는 기분이 든다. 낮에 닿지 못한 빨래는 더디게 말라 간다. 낮은 이제 모든 빨래의 시간을 허락하지 않는다.

내가 비껴 난 자리에서 빨래는 스스로 마른다. 나는 세탁기에서 미처 꺼내지 못한 양말 한 짝처럼 침대에 찌그러져 있기 일쑤다. 누가 나를 말리고 개어 주나. 그러다 보면 창밖은 벌써 어둠이다.

빨래에 이입하는 것은 대체로 사소한 희망 사항에서 비롯되는 모양이다. 모든 사물이 선명해지는 시간, 낮 동안의 결벽증, 저녁에 함몰되었다가 낮에서야 비로소 보이는 것들까지. 나는 낮의 객관적인 시간과 관점을 좋아했다. 밤이라 볼 수 없었던 어떤 얼룩을 비벼 씻어 내고 젖은 몸을 햇볕에 말리는 시간이니까.

그렇게 또 젖어 볼 수 있겠다는 질감은 나의 쓸모이자 용기

였을지도 모른다. 반복들 사이에서 목이 늘어난 셔츠와 영영 잃어버린 양말 한 짝을 나는 쉽게 버리지 못한다.

공원에 가만히 앉아 나를 말린다는 기분으로 햇볕을 쬐고 있다. 하얀 티셔츠를 입고 농구하는 학생들, 장기를 두는 노인들, 바퀴 달린 탈것 위에서 즐거워하는 앞니 빠진 아이 등이 보인다. 방 안에 있으면 볼 수 없는 것들. 실내에서 눅눅했던 마음을 잠시나마 낮의 허락 속에 털어 내는 일들이 공원에서 벌어진다.

계절별로 핑계가 서슴지 않다. 낮을 몽땅 도난당한 어떤 게으른 사람으로 살더라도 낮에 유입해 조금이나마 젖은 마음을 말려 보는 일, 아무것도 하지 않고 햇빛과 벤치만 있으면 가능한 일을 상상한다. 낮에는 그럴 수 있다.

문득 집에서 잃어버린 양말 한 짝 찾으려고
비행기 타고 여기까지 왔다는 생각이 든다.
그렇게 한쪽만 비는 공백이 많았다.
절름발이 그림자가 나를 따라다녔다.
낯선 곳에서 묵는 하룻밤 곁에서 비로소
반절과 절반이 모여 하나가 된 몸의 뒤척임을 느낄 때
낯선 곳을 실감하였다.

실내 활동의 내구성

여행 일정이 촉박하면 눈 붙이기 무섭게 눈을 떠야 했지만, 긴 여정을 잡은 여행 중에는 실내에서도 해야 할 것이 많았다. 마치 다음 날의 전쟁을 위해 준비하는 기분도 들었다.

띵동, 사진이 도착했다. '필로우 시네마'라는 이름으로 메신저 창에 도착한 사진을 열었다. 커다란 스크린 앞에서 사람들이 극장의 딱딱한 의자 대신 푹신한 베개를 베고 누워 영화를 보는 사진이었다. 영국 런던의 필로우 시네마는 그런 곳이었다.

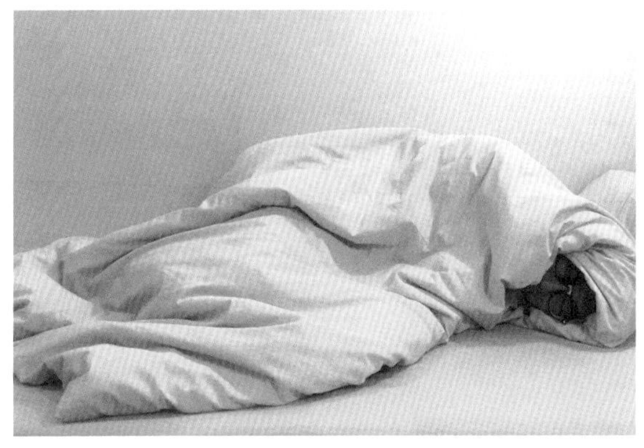

집에 누워서 철 지난 영화를 다시 보기로 보는 것과는 달랐다. 편안하고 우아하고 즐거워 보이는, 그야말로 천국이었다.

이대로 자기엔 시간이 아까워서 영화 한 편이라도 보고 자려고 밤마다 노력한다. 절반은 곯아떨어지지만, 반절은 영화가 있어서 밤이 길지 않다. 필로우 시네마처럼 특별한 것 없이 그저 침대 위에서 나만의 자세를 취하고 푹신한 베개와 이불에 파묻혀 영화를 본다. 나만의 필로우 시네마가 개막하면 어두웠던 방 안이 온통 영화의 세계로 가득해진다. 이대로 꿈결까지 영화가 계속되면 좋겠지만, 영화는 순식간에 끝나 버린다. 영화가 끝

난 뒤의 감동도, 여운도, 피로도 이불 파도를 타고 넘실거린다.

태국에 있는 동안 온몸이 먹구름이었다. 땀이 비 오듯 내려 남아나는 옷이 없을 만큼 젖었다. 그래서 자주 손빨래를 해야 했다. 편의점에 세탁비누를 사러 갔을 때는 기분이 이상했다. 여행 중 생활을 한다는 느낌을 받아서였다. 세탁 서비스에 맡기면 그만인데, 시간이 없어서 손빨래를 해야 했던 내가 태국 사람처럼 세탁비누를 산다는 상황이 신기했던 모양이다.

숙소 구석에서 양말과 티셔츠를 빨아 발코니에 널기 무섭게 금방 마르는 태국의 여름. 수고로움과 번거로움이 교차하는 기후였다. 혼자서 빨래했다는 으쓱함 뒤로 닳아 가는 빨래 비누처럼 여행의 시간도 녹고 있었다.

하루 동안의 영수증을 펼쳐 놓고 외국어로 된 목록 사이로 선명하게 보이는 숫자와 마주한다. 그렇게 하루치의 반성을 하고 돌아서면 종잇장이었던 영수증은 나를 심판하는 도구가 된다. 내일 할 절약과 모레 벌일 소비가 결정되는 순간이다. 패잔병처럼 누워 잠이 들면 모두 까먹어 버리고 말지만, 내일의 전투를 약속한 자리에 어지러운 숫자들이 놓인다. 덧셈은 없고 뺄셈만 남은 메모지 위로 짤랑짤랑 잔돈들이 울고 있다.

UNDERGROUND
WELCOME

런던에서는 같이 간 학생 기자 친구들과 매일 밤 모여 다음 날의 취재에 대해 상의하고 준비하는 시간을 가졌다. 여기저기 하품이 말풍선을 그리지만, 잘 준비하지 않으면 각자 기획한 취재를 망칠 수 있어 하루의 끝에서 시간을 계속 벌었다.

밖에서 누군가를 만나거나 학교를 끝마치면 언제나 집 생각이었다. 밖에서 안으로 가는 생각은 간절했다. 집에 가서 쉬고 싶다는 희망을 몰고 온 피로가 가득한 시간이었다. 연고도 없는 런던 호스텔에서 우리가 내일을 위해 머리를 모아 안에서 밖을 생각하는 시간은 생소했다. 밖에서 해내야 할 일을 안에서 준비하는 피로감은 어떤 전투력을 다지게 했다.

전투가 끝나면 또다시 녹초가 되어 안으로 돌아오려는 희망에 사로잡히겠지만, 피곤해도 이상하게 즐거운 실내 활동이었다. 당장 내일을 계획하고 실현했던 어제들이 모여 과거에서 숨 쉬고 있다.

아빠 팬티, 엄마 앞치마, 아이들의 흰 양말 들이 한데 어울려 있는 빨래 건조대는 세계 평화 기구가 세워 놓은 기념탑 같고,

하루에도 여러 번 젖은 옷을 벗어 던지던 동남아의 날씨를 감안하면 반팔 자국이나 런닝 자국 선명한 아저씨들의 맨몸이 가장 멋있는 옷 같기도 하고,

쓱쓱 싹싹 표백되어 가는 얼룩은 기억이라는 이름으로 다시 물들어 가고,

우리는 미완성된 기억 속에서 영원히 웃고 있을 것이다.

simple plan

'첫'이 주는 설렘으로 나는 거창한 계획을 혼자서 세웠다. 도쿄에서 머물 일주일 동안 매일 시 한 편을 쓰겠다는 다짐이 그랬다. 친구와 함께 떠나는 첫 여행이자, 첫 해외여행이었으니까 하고 싶은 것도, 할 수 있다고 믿은 것도 많았다. 숙소에 누워 친구와 나누는 수다가 재밌고 피곤해서 팔이 닿는 곳은 다 주무르고 그러다 보니 계획은 시 한 편이라도 쓰기로 바뀌었다. 그마저도 쉽지 않았다.

SNS를 막 시작할 무렵이었는데, 항상 자기소개 글을 입력해야 했다. 멋쩍게 나를 소개했다가 이상해 보일까 그만두는 적이 많았다. 시 한 편 쓰기의 계획은 '단 한 문장의 자기소개 글'을 쓰는 계획으로 축소되었다. 나는 지금껏 그 문장을 게재하고 있다.

"시 쓰고 빨래하고 날씨 걱정은 가끔"

나는 비나 눈이 오면 학교에 안 가는 걸로 유명했다. 날씨에 구애를 많이 받는 성향이었다. '빨래하고'는 군대에서 제대 후

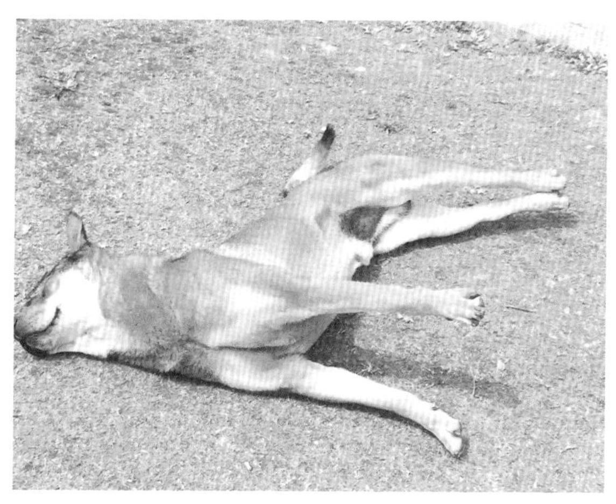

빨래를 좋아하는 취향을 반영해 넣은 문구이다. 살면서 더 길어질지도 모르겠지만, 이 문장만큼 나를 커다랗게 설명할 수 있는 글은 없다. 시 다섯 편이라는 계획이 번번이 실패하며 축소되었더라도 내 곁에 가장 오래 머물 문장이 남았으니 오히려 잘된 결과였다.

모든 계획에 앞서 나는 실패를 염두에 두는가 보다. 계획을 조금씩 현실에 맞게 줄여 나가는 일로부터 나와 세상의 눈높이를 맞춘다. 결국 이루지 못하는 계획도 허다하다. 하지만 사격 전에 영점을 조정하듯 목표를 향해 수정해 나가는 계획에는 반드시 실패가 필요하다.

태국에선 긴 여정을 보내게 되었다. 아무것도 계획을 두지 않았던 날도 있었다. 또 어떤 날엔 이렇게 적혀 있었다.

"3월 9월 월요일 : 대부분의 왕궁"

여행에서 돌아와 우연히 노트에 적힌 그날의 일정표를 보고서는 의아했다. '대부분의 왕궁'은 어떤 뜻이지? 태국에는 왕궁이나 사원이 많아서 모두 둘러보기에는 일정이 부족하다. 어디만 따로 간다는 특별한 선택을 하기 어려워 그냥 그렇게

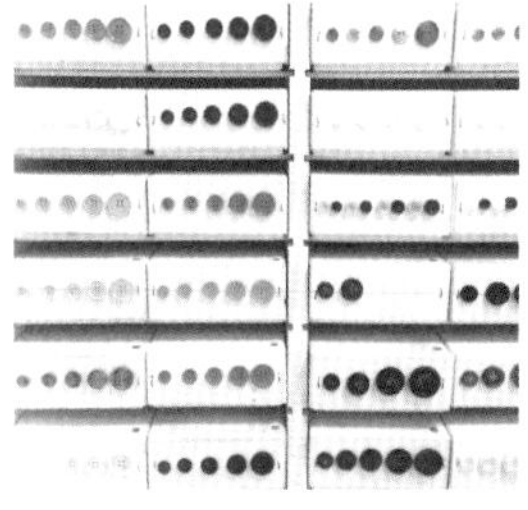

적어 버린 것이다. 돌이켜 보니 그날은 숙소에서 제일 가까운 왓포 사원에 갔다. 막연했던 계획이 결국 하나의 목적지로 실행된 것이 기이하고도 신기했다.

사람들과 이야기를 나누다 보면 계획을 하는 방식에서 차이를 많이 느낀다. 쉽게 말해 나는 시간 단위로 계획을 세우는 사람은 아니었다. 그렇다고 즉흥적으로 뭔가 해내는 사람도 아니었다. 태국에서 적은 막연한 일정표를 보면서 나는 커다란 틀을 만들고 그 안에서 자유롭고 싶은 사람이란 사실을 깨달았다. 즉흥적인 에너지로 움직일 여력은 없지만, 안정적인 틀에서 안도감을 느끼며 갖는 에너지는 있었다.

설마 내가 지금 이십 대의 심리를 상징하고 있는 것은 아닌지 등골이 서늘했다. 그러니까 안정적인 규격 안에 있되 틀에 박히고 싶지는 않은 심리였다. 입시든 취업이든 늘 불안한 체제 속에서 똑같은 교육을 받았다. 대학에 오면 모든 것이 달라질 줄 알았지만, 겨뤄야 할 세계가 조금 더 커지고 복잡해졌을 뿐이다.

비행기 표에 이상이 없고 여행 중 머물 숙소가 정해져 있는 틀 안이었다. 안정된 틀 안에서 아무것도 안 하거나 대부분의 왕궁 중 하나를 가 보는 일로 나의 하루를 자유롭게 보냈다는 착각이었다. 왠지 조금 서글픈 생각이 들기도 했다. 정해진 것이 없으면 불안해지는 마음은 학습한 적 없이 내가 기억하고 있는 슬픈 습관이었다.

예전에 쓴 스케줄을 보거나, 달력 칸칸에 바쁘게 적혀 있는 일정들을 보면서 뭔가 모를 뿌듯함을 느낀다. 당시의 적지 않았던 피로와 휴식은 계획으로부터 기록되지 못했다. 바빠야만 살아 있다는 의식은 빈칸에 머물러 있는 내가 그 시간을 활용하지 못할 때 내세우는 합리화 같은 것이다. 아직도 나는 아무것도 하지 않아도 좋을 하루에 대해 막연한 불안감을 갖는다. 무엇이라도 해야 한다는 걱정에 걸레를 쥐고 바닥이라도 닦아야 안심이 된다.

나는 나의 슬픈 노예였을까. 왜 나는 나를 허락하지 않을까.

옥스퍼드와 케임브리지 대학교에 방문해 인터뷰를 해야 했다. 도시 하나가 대학이고, 대학 하나가 도시인 곳에서 치열하면서도 각자의 낭만을 즐기는 대학생들을 만났다.

오랜 전통을 가진 라이벌 옥스퍼드와 케임브리지는 '옥스브리지' 같은 대결 구도의 행사를 매년 펼친다. 옥스퍼드 학생에게 들은 행사 일화 중 시적으로 다가온 것이 있다. 두 도시는

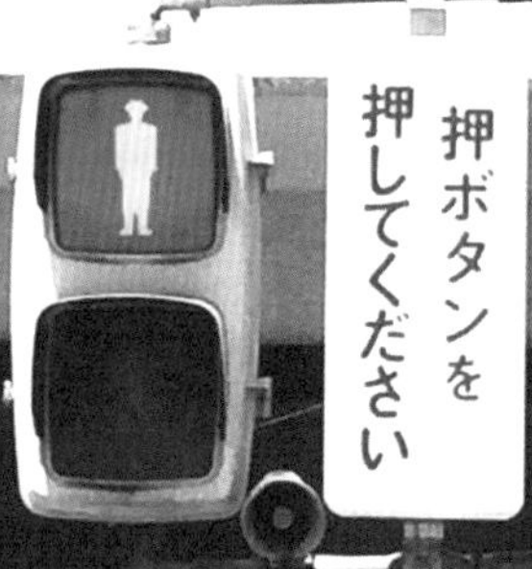
押ボタンを
押してください

太宰府開運館
このたび、移転しました！！

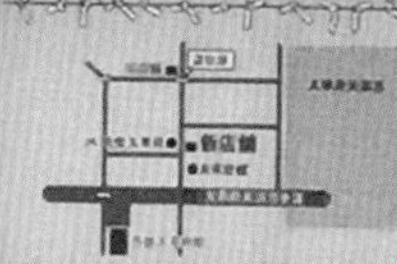
新店舗
TEL 092-918-1616

COVENTRY
Lady

503924
diva

큰 강에서 6~10인용 나무배를 타고 노를 저으며 나아가는 '펀팅'을 즐긴다. 두 대학교 역시 매년 '조정 경기'를 하는데, 가장 화려한 메인이벤트이다. 대개 총성을 내거나 호루라기를 불어 경기 시작을 알리기 일쑤인데, 이 대결은 남다르다. 최고 명문 학교의 메인이벤트인 만큼 엘리자베스 여왕이 직접 참관하여 경기 시작을 알리는 역할을 한다. 여왕이 강 위에 떨어뜨린 장미 꽃잎이 수면에 닿으면 경기를 시작하는 것이다.

세상에서 제일 고요한 출발이 아닐까. 시끌벅적하거나 '시작이 반'이라는 말처럼 거창하게 출발하는 나의 일상과는 사뭇 다른 모습이다. 무슨 일을 시작하기 전에 계획만 거창했던 적은 없었는지 돌아보게 된다. 무언가를 시작하면서 신중하고 조용해지는 순간은 바로 시를 쓸 때다. 장미 꽃잎 하나가 강물 위로 소리 없이 떨어지는 것처럼 첫 문장을 짓고, 고요하면서도 거칠게 시 한 편으로 향해 나아가던 날이 떠오른다.

홈커밍데이

산책이 길어지면 두 발은 자신이 걸어온 만큼의 거리로 원래 있었던 곳을 그리워하게 된다. 그래서 그런지 나는 여행지에서 꼭 나의 고향 전주가 나오는 꿈을 자주 꾼다.

낯선 베개에서 꿈결을 더듬으며 나는 고향을 떠올린다. 전주는 내게 그런 공간이다. 17년을 살면서 초, 중, 고등학교를 졸업한 곳이다. 이제 전주를 다녀오면 여행하는 기분이 든다. 많

BAR & RESTAURANT
TOM YUM KU
The Best Thai Cuisine
ATM
DRUGSTORE
THAI MASSAGE
WAXING
9BAR

FISH N
CRISP
'59
BEST SUSHI IN TOWN
60฿
OPEN 24/7
OPEN
BEST PRICES
30 METERS
The Royal
Guesthouse
STARTING FROM
500 THB
Chiangmai
053 271191 053 282 460
INDIAN
FOOD
P
Black

은 말을 하지 않아도 마음이 회복된다.
언제 다친 적 있는 사람처럼.

집이 가까운 곳에서는 말하는 연습을 한다. 그러다 보면 듣는 것을 순간 잊는다.
여행을 할 때는 듣는 것을 연습할 수 있다. 한국말이 서먹해질 즈음이 되면 쓰고 싶어지기도 한다.

낯선 곳에 던져도 나는 잘 살아 낼 자신이 있다.
이 에너지는 익숙한 곳에서 자취를 감추는 경향이 있다.
3월이면 나의 봄이 꽃과 무관해지면 좋겠다.
아무도 바라보지 않는 쪽에 서서
내가 앞으로 흘리고 다닐 어떤 즐거움이나 절망이나 괴로움을 먼저 전망하고 싶다.

여행을 다닐 때면 '서울에 가서도 여행하듯 살아야지' 다짐을 한다. 정작 너무 어려운 일이라는 사실을 잘 아는 나의 무딘 감각들이 밉고 용서가 되지 않는다.

여관 관리,

여간 어렵지 않다.

내 마음은 언제부터인가 사람들에게 개방된 여관이 되었다. 여행을 하면서 내 마음을 여관에 비유하는 경우가 많아졌다. 어떤 방에는 수년째 장기 투숙을 하는 친구가 살고, 어떤 방은 금방 왔다가 금방 떠날 사람들이 쓴다. 공실.

방 안을 쓸고 닦으며 빈방에 홀로 있는 내가, 이곳에 있었던 누군가를 떠올린다. 아프고 기억하고 싶지 않고 화도 난다. 누군가는 아주 좁은 방에 살고 있고, 누군가는 아주 큰 방을 쓰고 있다. 큰 방을 쓰는 사람은 대개 장기 투숙을 한다. 누군가는 이름만 올려놓고 나의 여관에 들른 적이 없다. 호스텔의 낡은 벽과 벽 사이로 서로 알아들을 수 없는 소음들이 지나가고 있다. 내가 알고 지내는 사람들의 심장에서 조금 떨어진 곳에 오면, 언제나 영업 정지 위기에 놓여 있는 마음에 관해 고민하게 된다. 마음에 관여하는 일. 그것이 나의 오래되고 낡은 여관, 여인숙 같은 것을 운영하고 지켜 가는 일이다.

섣부르게 먹는 마음은
불현듯 밝혀지게 되고, 때로 노숙을 한다.

여행지에서 집밥에 대해 생각한다. 집에서 먹는 밥이라기보단 엄마가 해주는 밥에 대해. 나도 누군가의 여관에서 투숙하는 사

람이었는데, 장기 투숙했던 그 마음으로는 잘 헤아리지 못했다.

미안합니다. 죄송합니다.
밀린 방값도 다 드릴 수 없군요.
그래도 밥은 잘 얻어먹겠습니다.

당연하게 여기던 것들이 이상하고 무서워진다. 방을 비우면 공허해지고, 차지하고 있자니 적잖은 누를 끼치는 것 같아 창문을 열고 환기를 한다. 여름엔 늘 열어 두는 창문인데, 겨울에는 얼마만큼 열어 두느냐에 민감해진다.
나의 여관에, 나의 오랜 여관에 사는 사람들에게 바치는
시를 쓴다.

눅눅한 장판과 시끄러운 소리들이 가려지지 않는 이곳에 짐을 내려놓아도 좋다.
오신 손님들을 돌려보내고 싶지 않다.
나는 이게 욕심이라고 배웠다.

너무 많은 손님들이 찾아왔다가 떠나갔다.
큰 배낭을 멘 거리의 소년 소녀들처럼.

애초에 없었어야지. 있다가 없어지는 건…….

내가 중얼거리는 사이 여행은 가빠진다.

걷는 일은 떠남이 아니라 떨어짐이에요. 작은 보폭들을 쌓아 만든 간격만큼 창문을 열고 환기하는 것이에요. 걷고 있다는 행위는 진행 중인 생각과 생활의 연속성을 지지하고, 걷는 곳의 공간은 일상에 놓여 있으나 일상의 둘레로 짐작하게 하는 테두리 역할을 해요. 테두리와 내면의 조화가 평화를 선사하죠. 걷는 일은 꽤나 복잡한 구조를 숨기고 단순화시켜 일시적인 안정감을 주는 데 효과적이에요.

9 친구에게

구현우 시인에게

2010년 여름 어느 날, 도쿄에서의 마지막 밤에는 축구와 맥주가 있었지. 어울리지 않게 머리맡에 둔 큰 인형들은 마치 파칭코에 빠진 젊은이처럼 하루치 용돈을 탕진해서 얻은 인형 뽑기의 결과물이었어. 사실 난 이 이야기를 하고 싶지 않지만, 모든 추억이 반질거리기만 하면 쉽게 손에서 놓칠 것 같아서 말이야.

우리는 밤을 새우고 나리타 공항행 고속 열차를 탈 계획을 세웠지. 그날은 우리가 처음으로 다툰 날이기도 했어. 이유는 정확하게 기억나지 않는데, 아마 나의 언행과 너의 예민함이 장난을 넘어서게 만들었던 것 같아. 웃는 고양이 모양의 인형은 여전히 귀엽게 앉아 있었고 잠시 정적이 흘렀지. 창밖의 클랙슨 소리나 오토바이 엔진 소리가 아직도 기억나.

우리가 바로 화해를 했는지 모르겠군. 어쨌든 무사히 한국으로 돌아와 한동안 연락을 하지 않았어. 여행을 가면 친한 친구끼리도 싸우게 된다는 조언을 귓등으로 들었던 내가 당사자가 되니 상념들이 넘치는 거야. 피곤해서 그랬겠지, 이해하면서도 서로 풀었으니 잘된 거라고 스스로 합리화를 했지.

우리는 카페에서 만나 평소처럼 거리낌 없이 대화를 나누었어. 그때 느낀 이상한 온도가 나는 아직도 생생해. 그런 미묘한 어긋남은 원래대로 맞추기 힘들지 않을까. 부러지거나 깨지면 아예 끝을 내거나 오히려 새로 시작할 수도 있는데, 실금이 나면 아무도 모르게 아물거나 아무도 모르게 다른 방향으로 자라날 거야.

나는 시를 쓰고, 너도 시를 쓰지.

각자 쓴 시를 들고 와 매번 여행을 하듯 시 안에서의 낯선

기행을 함께 했지. 시 앞에선 다툼이 잊혔고, 다른 방향으로 새살이 돋는 기분이 들었어. 그때의 예민함은 네게 있었지만, 그 후의 예민함을 대부분 가졌던 나는 그런 믿음으로 시를 더 열심히 썼어. 좋은 친구에게 시를 보여 준다는 것이 얼마나 큰 행운인지를 너는 알려 주었으니까.

우리는 그날의 다툼을 거의 잊어 갔지. 너는 시인이 되었고 나는 시집을 냈어. 서로의 예민함으로 걸러 낸 것들이 세상에 나와 우리 없이도 긴 산책을 하고 있나 봐.

나는 그날의 기억이 친구 사이의 흔한 다툼이 아니라고 봐. 관계나 불안, 우리가 쓰는 시처럼 크고 막연하게만 느껴지는 문제의 실마리가 되었다고 여겨. 지금은 장난과 진담을 뒤섞는 사이로 돌아왔지만, 열심히 쓰지 않는다고 느끼게 하지 않도록 노력하는 일이 우리에게 보탬이 되어서 정말 좋아. 나는 가끔 도쿄의 시나가와를 돌아다니며 커피를 마시고 담배를 피우는 우리를 상상해. 드물게도 좋은 기억이 좋지 않은 기억을 물리친 것으로 내게 새겨진 듯해.

첫 여행에서 돌아와 추억하는 그 시절을 얼마 전에 만나 이야기를 했지. 마침 종로 한복판에서 일본어로 길을 묻는 관광객을 만났어. 우리는 이 우연이 참 신기해서 발 벗고 나섰고. 그가 물어본 식당을 직접 찾으려고 십여 분을 함께 걸었지. 알고 보니 바로 코앞에 식당이 있었지.

우리는 멋쩍게 웃으면서 아마 같은 생각을 했을 거야. 참 바보 같다. 도쿄에서 길을 헤매던 우리를 잠깐 다시 만난 느낌이어서 말이야. 그런데 그게 정말 반갑고 좋았던 산책이었어. 그날의 우리가 아직도 걷고 있으니까 건강하다는 뜻이겠지?

동행 구함

적당히 짐을 풀고 침대에 누워 제일 먼저 포털 사이트의 여행 카페에 들어갔다. '동행 구함'이라는 카테고리가 있었는데, 현지에서 여행 온 사람들끼리 만남을 추진하는 곳이었다. 프라하에서 저녁 드실 분, 쾰른에서 맥주 한잔하실 분 등 구체적으로 동행을 구하는 메신저 아이디가 적혀 있었다. 비교적 쉽게 동행을 만날 수 있는 시스템이었다.

낯선 사람과 밥 먹기를 끔찍하게 싫어하는 나는, 사람들에

게 치이다 혼자 여행을 떠나는 나는 더더욱 동행을 구할 일이 없었다. 갑작스러운 것에 두려움이 큰 내게는 의미 없는 카테고리여서 한동안 잊고 있었다.

프라하에 도착하던 날, 내가 배정받은 호스텔 숙소에 문제가 있었다. 주방이 딸린 싱글 룸을 예약했는데, 들어가 보니 침대가 7개 있는 방이었다. 혼자 누워 있으면 왠지 병원에 입원한 기분이 들어 카운터에 문의해 보았다. 성수기엔 도미토리로 쓰이는 방이라고 답했다. 어쩐지 공짜로 큰 방을 얻었다는 느낌이 좋았지만 금방 외로워졌다.

프라하 정보를 검색하던 나는 '동행 구함'이라는 카테고리에 들어갔다. 세계 곳곳에서 혼자 여행하는, 혹은 같이 어울릴

사람을 구하는 여행자들의 글로 북적였다. 몇 분에 한 번꼴로 글이 올라오는 와중에 프라하에서 저녁 모임을 추진하는 글을 보았다. 거부감도 들었지만 막상 타지에 오니 호기심이 커졌다. 무심하게 적혀 있던 메신저 아이디를 입력해 조심스럽게 인사를 건넸다. 총 세 명이 모여 대화를 나눴다.

"저는 흰 운동화를 신고 있어요."

"저는 키가 큰 편이에요."

오후 7시에 카를 교 입구에서 만나자는 약속을 하고 각자 자신의 신상을 소개했다. 생김새를 소개하기가 우습고 어려워서 나는 "검정 옷을 입고 있어요"라는 어정쩡한 대답을 했다.

시간이 되어 카를 교 입구를 서성이다가 아까 소개한 단서를 가지고 추리를 하기 시작했다. 키가 큰 사람이나 흰 운동화를 신은 사람은 너무나 많았지만, 검은 옷을 입은 사람은 더 많았다. 그중 흰 운동화를 신은 사람에게 '동행'이라는 말을 꺼내자 반갑게 맞이해 주었다. 키가 큰 편이라고 소개한 사람이 우리를 알아보고 다가왔다. 우리 중에 키가 제일 작았다. 모임을 추진한 사람은 두 사람이 더 합류한다는 사실을 전했고, 우리는 발걸음을 옮겼다.

그렇게 모인 다섯 명의 한국인은 한인 민박집 사장님에게 추천받은 로컬 음식점을 겨우 찾아가 앉았다. 어색한 인사를 나누고 각자 먹을 음식을 골라 주문한다는 것이 굉장히 이상하고 부끄러웠다. 방금 이탈리아에서 온 사람도 있었고, 내일 한국으로 돌아가는 사람도 있었다. 여행으로 만난 만큼 여행 이야기가 끊임없이 나왔다.

술도 마시고 맛있는 꼴레뇨도 먹은 우리는 프라하 성의 야경을 보기 위해 무작정 오르막길을 걸었다. 야경은 근사했고 우리는 사진도 마구 찍었다. 한국에서 만나 약속하고 여행 온 사람들처럼 금세 친해졌다. 이상하다고 느꼈던 마음이 괜찮다는 마음으로 기울 즈음 우리는 헤어졌다.

숙소에 돌아와 일곱 개의 빈 침대가 놓인 방에서 오늘 있었던 일을 떠올렸다. 프라하에서 함께 밥도 먹고 야경도 본 사이라면 정말 특별하고 의미 있는 관계였다. 우리는 서로 이름도 모른 채로 헤어졌다는 것이 조금 서글펐다. 예의를 갖추기 위해 밝힌 나이 외에는 어디에서 무얼 하다 왔는지, 하다못해 취미가 무엇인지도 몰랐다는 사실에 충격이 찾아왔다.

그럼에도 우리는 탈 없이 시간을 보내고 헤어졌다. 원래 동행은 그런 거라고 한다. 다음 날을 약속하지 않았어도 한두 사람을 우연히 만나 밥을 먹거나 커피를 마셨다. 그리고 프라하를 떠나는 사람을 배웅했다.

한 번의 짧은 인연에 연연해 한국에서 다시 만나자는 약속을 했다거나, 불필요하게 자기를 소개했다면? 우리는 아마 야경을 보러 가지 않았을지도 모른다. 비슷한 이십 대 중후반이었던 우리는 알고 있었을 것이다. 지켜지지 않을 약속을 섣불리 하지 않아야 하고, 새로운 사람에 대한 피로는 설명으로부터 온다는 사실을. 어쩌면 몰라서 더욱 즐거웠을 것이다. 알고

싫어질 즘에 헤어져야 그 순간을 기억하는 데 용이할 것이다.

그 후로 나는 여러 명의 사람들을 만났고, 같은 방법으로 헤어졌다. 잠시 떠나온 자리를 같이 데우기 위해 돌아갈 자리로부터 멀어지는 연습을 했다. 키가 제일 작았던 사람이 키가 제일 크다고 소개했던 경우처럼, 알 수 없는 것을 알고 싶어 하지 않아도 괜찮았다.

꽝 없는 꽝

툭툭을 타고 도착한 곳은 방콕의 짜뚜짝 시장이었다. 주말에만 열리는 탓에 사람들이 많이 몰려든다고 전해 들었다. 관광객이라면 반드시 들른다는 이곳은 여행자들의 성지였다. 안 파는 물건 없이 죄다 파는 이곳은 전체적으로 파악하기에는 너무 넓었다. 사고 싶은 물건 없이 시장을 산책하기란 정말이지 위험한 일이 아닐 수 없지만 무작정 걸었다.

얼마 가지 않아 눈길을 끈 곳은 러그를 파는 가게였다. 다

LVER
LRY
eel Jewelries
TO ORDER
LVER
92.5 %
WHOLESALER
ASHION
BRACELET & COSTUME JEWELRY
56
TAXI-METER
BIKE LANE
BIKE LANE

양한 무늬로 만들어진 러그가 눈에 들어온 이유가 있었다. 이사할 때마다 마음이 쓰였던 우리 집의 오래되고 해진 러그 때문이었다. 집에 엄마라도 있었다면 바뀌었을 법도 한데 혼자 살다 보니 자주 잊혔다. 왠지 초입부터 무언가를 사면 손해 볼 거란 느낌이 들었지만, 꼭 러그를 사야겠다고 마음을 먹었다.

한참을 걷자 러그를 파는 가게가 보이지 않아 나는 돌아가기로 했다. 푹푹 찌는 더위에 사람들이 느릿느릿 올챙이 알처럼 움직였다. 미로와 흡사할 정도로 복잡한 길을 자랑하는 짜뚜짝 시장에서 되감기란 무척 어려운 과정이었다. 기억을 더듬었음에도 불구하고 내가 도착한 곳은 온갖 생선을 파는 곳이었다. 나는 돌아갈 길 없이 처음부터 시작하기 위해 마음을 다잡아야만 했다. 결국 러그를 사지 못했다. 두 번은 없다는 걸 알려 준 경험이었다.

정말 오랜만에 만난 대학 동기는 번듯한 출판사를 다니는 회사원이 되어 있었다. 왜 우리가 오랜만에 만났을까, 이야기를 하다가 친구는 내게 '다음에 보자'는 말을 빈번하게 했던 내 탓을 했다.

"나는 좀 변했어. 내게 이제 다음이란 없거든."

친구의 단호함 속에서 헤매게 된 나는 덧붙인 말을 곱씹었다.

"이제 나는 선택한 것에만 집중해."

선택을 미루는 말로 다음이란 말을 아낌없이 썼던 나는 내심 부끄러워졌다. 무엇이 바쁘고 고달파서 선택을 미뤄 왔을까. 특히 사람과의 관계에서 다음을 예상한 약속은 금방 무너져 버릴 돌탑과도 같았다. 먼저 무너질 것처럼 아슬아슬한 사람을 만났고, 이해해 주겠거니 싶은 사람들은 또 한 번 다음으로 미뤄 버리는 반복이 계속되었다.

걷는 일을 멈추지 않다 보면 눈을 사로잡는 것들을 목격한다. 만약 되돌아가겠다고 미뤄 두면 끝내 목격하지 못할 때가 있다. 짜뚜짝 시장에서 내가 되돌아가 러그를 사지 못한 사소한 실수가 자꾸 기억에 생채기를 냈다.

나는 종종 잠들기 직전에 시에 대한 단상이 떠오르는 편이다. 평소에 잠을 잘 이루지 못하기 때문에 주로 잠을 선택하는 경우가 많았다. 일어나면 아니나 다를까 기억에 남는 것이 없다. 단지 무언가를 기억해야 했다는 사실만이 남을 뿐이다. 선택한 것에 집중하지 못하면 남는 것이 없다. 두 번의 기회가 없는 일에서 나는 '다음' 사람으로 남겨졌다.

맨 처음 여행을 계획하는 출발점에 서면 고민을 하게 된다. 시간은 되는지, 여행 경비는 적절하게 있는지, 무리해서 가는 여행이라면 다녀와서 생활이 가능한지 등등. 여러 검열을 마친 후에야 비로소 항공권을 끊고 여행 계획을 구체적으로 세운다. 일 년에 많으면 서너 번씩 훌쩍 떠나 몇 주고, 한 달이고 살다가 오는 여행이 내 삶에 필요한지 생각한다.

사람들은 다음에 가면 되는데 꼭 지금 갈 필요가 있는지 물어 온다. 그래, 다음에 가면 되지. 지금은 취업을 하거나 자기 계발을 해야 맞지. 이런 갈등이 생기면 나는 왠지 다음이란 없을 것이라는 예감에 휩싸였다.

결국 다음에도, 그다음에도 나는 계속 낯선 땅을 걸었다. 다음은 있었다. 그때가 아니어도 괜찮다는 말이 아니다. 이번 여행을 다음으로 미루었다면 그다음 역시 없었을 것이다. 다음과 그다

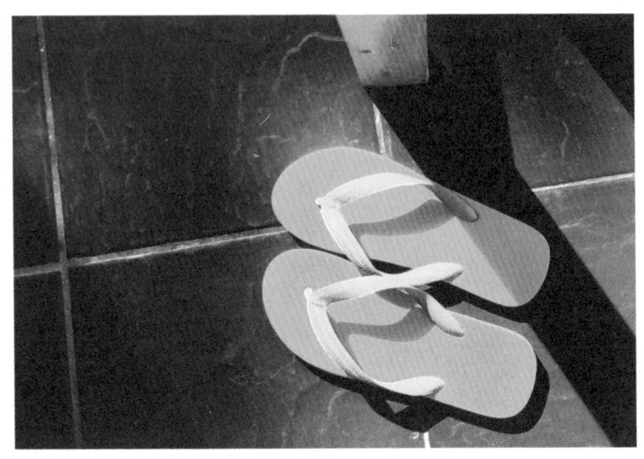

음의 간격이 자꾸 멀어질수록 나는 많은 것들을 짊어져야 할지 모른다. 이제는 조금씩 느낀다. 다음이 언제 돌아올지에 대해.

적어도 여행만큼은 다음으로 미루지 않으려고 노력했다. 그래서인지 낯선 곳을 걷는 내 모습이 낯설지 않게 상상된다. 돌아가려다 길을 잃었던 한낮의 짜뚜짝 시장 속 내가 다음으로 미루지 말라고 당부하는 것이다.

부리의 미소

프라하의 숙소에서 배정된 방은 인터넷 카페를 반드시 지나야만 했다. 번거로울 수밖에 없었다. 어느 날 밤늦게 편의점을 다녀오는 길이었다. 인터넷 카페에는 불이 켜져 있었고, 한 노인이 인터넷을 하는 중이었다. 고약한 술 냄새가 나서 불쾌한 느낌이 들었다. 코주부 노인은 안경 코가 흘러내리도록 고개를 숙이고 자판을 누르고 있었지만 영 서툴러 보였다.

노인이 용기를 내어 나를 불렀다. 짧은 영어였지만 나는 술에 취한 그의 목소리를 경청했다. 그는 자신의 메일 접속에 어려움을 겪고 있었다. 그의 비밀번호를 받아 적은 뒤 또박또박 입력하자 곧 접속이 되었다. 그에게 온 메일은 아무것도 없었다. 그는 실망한 듯 인터넷 창을 끄고 잘 자란 인사를 건넸다.

아침에도 여전히 그는 같은 자리에서 인터넷을 하고 있었다. 무언가를 기다리는 눈치였다. 자판 입력이 서투른 그는 또 애를 먹고 있었다. 전날에 낯을 익힌 사이라 친근한 미소를 띠며 인사를 했다. 인근 식당에서 점심을 해결하기 위해 밖을 나섰다.

거리 곳곳에 촛불이 켜져 있고, 프랑스 국기나 에펠탑 모양의 패널들이 놓여 있었다. 파리 테러 소식을 나 역시 접한 상태였다. 몇몇 지인들에게서 연락도 왔다. 혹시나 파리 쪽에 있지 않을까 하는 걱정이었다. 안타까운 마음이 들었다. 나는 운이라고 생각하고 있어서 어떤 위로도 할 수가 없었다. 파리라는 도시에게, 파리로 떠난 여행객들에게, 파리에 살고 있던 시민들에게 해줄 것이 없었다. 마음뿐이라는 것은 너무 가볍고 쉬운 위로니까 하지 않는 편이 낫다고 여겼다.

인터넷 카페에는 노인이 앉아 있었다. 노인은 비밀번호를 입력해 달라는 부탁을 했다. 우리는 서로 간단한 신상을 공유하며 대화를 이어 나갔다. 그는 파리에 대한 이야기를 했지만, 사실 정확하게 알아들을 수는 없었다. 몇 가지 단어로 추측하건

대 여행 간 딸의 소식을 기다리는데, 딸이 파리에 머물고 있다는 이야기 같았다. 교과서 다이얼로그에나 나올 법한 쉬운 말로 위로를 했다. "Don't worry." 방으로 들어온 나는 파리 테러에 관한 뉴스를 계속 찾아보게 되었다.

체크아웃을 하고 오스트리아 빈으로 가는 버스를 타기 위해 1층으로 내려갔다. 텅 빈 인터넷 카페를 지나오면서 노인이 걱정되었다. 딸의 안부나 소식이 궁금한 눈치였는데, 별일은 없을 거라고 추측했다.

누군가 죽는다는 것은 내게 너무 멀고 아득한 일이었다. 행복한 사람은 얼마 없지만 불행한 사람 역시 많지 않을 거라는 이상한 확신은 나의 안일함이었다. '운'에 맡긴다는 것, 즉 사람 목숨이 운으로 결정될 수 있다는 점도 마찬가지였다.

마침 카운터에서 노인이 맥주병을 들고 떠들고 있었다. 기분이 몹시 좋아 보였다. 여전히 술에 취한 모습은 좋은 인상으로 다가오지 않았다. 어쩌면 내가 지나치게 추측하고 걱정하는 것이 아닐까 싶을 정도로, 그는 흰 눈썹을 씰룩거리며 체크인을 기다리는 사람과 떠들었다. 옆에 선 젊은 여자들은 그의 비위를 맞춰 주듯 크게 웃었다.

체크아웃을 마치고 떠나려고 하자 그는 내게 인사를 건넸다. 그러더니 옆에 있던 젊은 여자와 어깨동무를 했다. 홍청망

청하는 그의 모습에 괜한 걱정을 했다고 느끼는데 그가 젊은 여자를 소개했다.

"내 딸이야. 무사히 돌아왔어."

도착이 없는 완행열차

무슨 일이었는지 기억나지 않지만, 당시 우리 가족은 서울행 통일호 기차 안에 있었다. 온갖 낱말 퀴즈와 수수께끼, 퍼즐로 이루어진 책 한 권을 모두 풀었는데도 전주에서 서울까지는 한참 남아 있었다. 나는 일본에서 수입해 온 통일호의 창에 기대어 잠을 잤다. 너무 늦은 시간이라고 느껴지던 밤 11시쯤 우리 가족은 도착해 어디론가 갔다. 이 기억에 대해 알고 있는 사람은 아무도 없다.

런던 워털루 역이나 뮌헨 중앙역에서는 수많은 기차를 볼 수 있다. 등급에 따라 나뉘는 기차들은 색도 모양도 모두 가지각색이다. 청록색 털 스웨터를 입고 역사 안을 천천히 걷는 노인이나, 완두콩 색깔의 담요를 둘러쓰고는 역 앞에서 구걸하는 걸인들도 쉽게 보인다. 그 사이를 비집고 나와 캐리어를 한쪽에 치워 두고 긴 기차 여행 뒤에 담배를 피우는 사람들까지, 어디에나 있는 풍경이다.

REX 열차를 타고 뮌헨을 떠나 바이에른의 소도시로 가기로 결심한 이유는 대도시만의 분주함, 딱딱함이 지루해졌기 때문이다. REX는 바이에른을 오가는 완행열차라고 할 수 있다. 우리나라의 무궁화호와 비슷한 느낌이다.

HOTEL STADT MELK

평일 REX 열차에는 사람이 거의 없었다. 좌석이 지정되어 있더라도 앉아서 팔걸이에 손을 올리기 전까지는 안심할 수 없는 것이 기차의 묘미이다. 나는 신중하게 열차 번호와 좌석을 확인했다. 텅 빈 객실에서는 그야말로 무용한 짓이었다. 이따금 이어폰을 낀 젊은 남자나 여자가 창가에 앉았다. 노인들은 신문의 낱말 퀴즈를 풀었고, 대도시에서 소도시로 가는 테마를 가진 듯한 소풍을 떠나는 아이들이 타기도 했다. 그들 외에는 REX 기차를 타고 여행을 떠나는 사람은 거의 없었다.

독일의 오버아머가우나 오스트리아의 멜크 같은 곳에서는 REX 열차에서 더 느리고 사람이 없는 열차로 갈아타야 했다. 거대한 수도원이 카스텔라처럼 세워져 있던 멜크에선 시간을 맞추지 못해 수도원에 입장할 수 없었다. 이름 모를 카페에서 엄마가 옛날에 솜씨를 막 발휘한 듯한 미트볼 스파게티와 라떼를 먹은 일밖에 한 것이 없다. 중국인 관광객을 여러 번 마주치는 정도의 인기척만 있는 도시였다.

당시 통일호 기차를 타고 우리 가족이 간 곳이 어디인지 나는 아직도 궁금하다. 너무 어렸던 동생은 그렇다 해도, 부모님은 왜 기억하지 못할까. 밤 11시를 가리키는 서울역 광장의 시계탑, 배가 고파서 낱말 퍼즐 책을 어디엔가 두고 온 정신머리,

서로 마주 보는 좌석에 앉아 머리를 맞대고 잤던 기억 들은 이미 나를 지나친 것일까. 아니면 아주 느리게 내게로 오는 중일까.

오버아머가우는 멜크만큼 사람이 없지는 않았다. 나는 세상에서 가장 맛있어 보이는 캐러멜 케이크를 먹었다. 눈이 내린 탓에 산등성이가 하얗게 물든 풍경이 예뻐서 사진으로 담았고, 돌아오는 기차를 타면서 필리핀을 떠나 호주로 가야 하는 친구의 보이스톡 전화를 받기도 했다. 실로 오랜만에 하는 한국말이 어색했고, 기차 안의 몇 없는 사람들은 나를 쳐다보았

다. 나의 언어가 타인에게 낯설다는 기분, 내게도 모국어가 있다는 사실을 알려 준 친구의 전화가 기뻤다.

검표원의 무뚝뚝한 티켓 펀칭을 기다리거나 퇴근 시간에 뮌헨으로 가는 직장인들이 대거 탑승해 자리를 잡는 일은 오전의 열차 풍경과 달랐다. 다시 중앙역에 도착하자 출발하려는 사람들이 있었고, 막 도착한 사람들도 있었다. 그 중간쯤 되는 사람들은 중앙역을 가로질러 걸어 나갔다.

분주함 속에서 나는 여전히 궁금했다. 그날 밤 우리 가족이 무엇을 위해 기차를 탔는지. 어디에 도착했는지보다 기차에 탄 것만이 기억에 남기도 한다. 그때 바라본 풍경들, 특별함 없이 특별해진 기억들은 느린 완행열차로만 가능한 일일 것이다. 나는 가끔 한국에서 검색조차 되지 않는 곳으로 가는 티켓을 끊는다. 어디로 가는지 알 수 없으나 가고 있단 사실만으로도 충분해지는 행선지가 있다.

콜베노바 벼룩시장

이래도 되나 싶었지만, 알수록 빠져드는 곳이었다.

프라하 사람들만 모여드는 장소를 찾다가 주말에만 열리는 벼룩시장을 알게 되었다. 관광지와는 조금 떨어져 있는 곳에서 아침 7시부터 정오까지만 반짝하고 열리는 벼룩시장이었다. 한국에는 알려진 정보가 거의 없어 위치만 놓고 찾아가야 했다.

입장료를 내고 들어간 그곳은 정말이지 신세계였다. 주차장처럼 빈 공터에 판매자들이 좌판을 펼쳐 놓고 물건을 파는 형

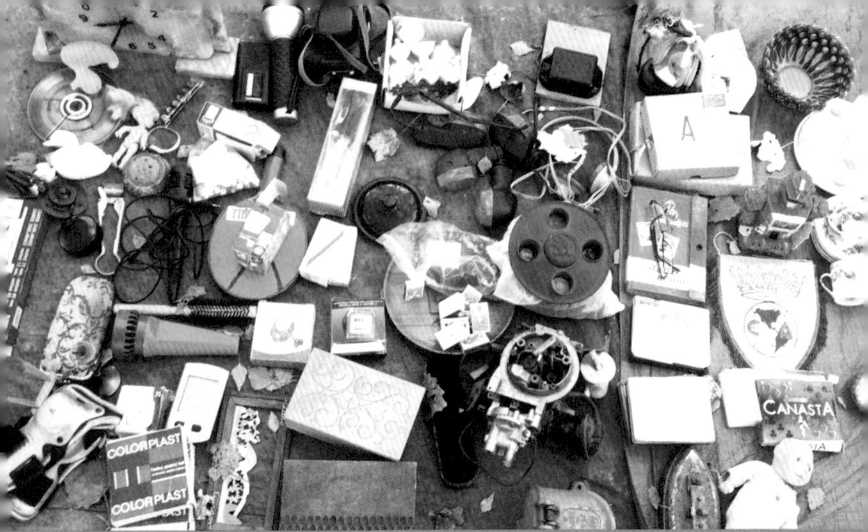
COLORPLAST
COLORPLAST
CANASTA
A

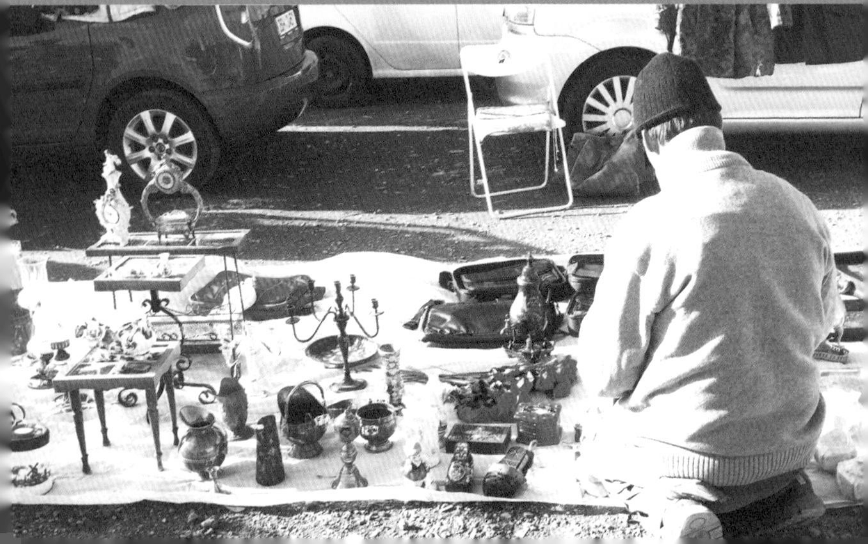

식이었다. 파는 물건들은 상상 초월이었다. 우리나라의 플리마켓처럼 단정하고 세련되리라 기대했던 것과는 달랐다. 정말 생활에 밀착해 있는 시장이었다. 이가 나간 컵부터 어제까지 끌어안고 잔 듯한 헝겊 인형, 구식 휴대 전화 배터리, 여행을 다니며 모은 엽서, 심지어 방금 타고 온 자동차도 파는 시장이었다.

그야말로 집을 탈탈 털어 와 규격 없이 판매하는 모습이 신기하고 이상했다. 시장 안에서 물건을 고르는 사람도 현지인이고, 파는 사람도 현지인이었다. 이방인인 나로서는 선택의 여지가 많지 않았다.

아빠와 함께 나온 소녀는 자신이 가지고 놀던 장난감을 예쁘게 진열하고 있었다. 말 안 듣게 생긴 아들도 군인 놀이를 하던 피규어를 진열해 놓고는 지나가는 사람들을 바라보았다. 〈토이스토리〉에 나오는 군인 피규어가 탐이 나서 가격을 물어봤다. 아빠는 손가락 열 개를 폈는데 아들은 손가락 한 개를 폈다. 부르는 게 값인 이곳에서는 물건의 주인이 부르는 값이 진짜인가 보았다. 아빠는 내게 1유로를 받고 피규어를 팔았다. 아들은 받아 든 1유로를 호주머니에 넣으면서 뭔가 해냈다는 눈치로 나를 쳐다보았다. 이처럼 뿌듯한 소비는 태어나 처음이었다.

이제 겨우 해가 중천에 떴는데 사람들은 하나둘 물건을 정리하는 모습이었다. 정오에 문 닫는 이상한 벼룩시장을 빠져나오면서 나는 한국에 돌아가면 황학동에 가 봐야겠다는 생각을 했다. 잘 만들어지고 예쁘게 포장된 비싼 물건을 파는 벼룩시장 말고, 상품들이 생활에서 생활로 이동하는 세계로 진입하고 싶어졌다. 아이의 기특함과 아빠의 뿌듯함을 덤으로 받는 후한 세계에서 손때를 타고 싶었다.

수고한 마음

여행지에서 만날 새로운 사람을 기대하는 여행도 있다. 낯선 곳에서 만나는 사람, 다른 언어로 말하지만 하나의 마음을 통로 삼아 접어드는 사람 등. 그렇게 만나는 인연은 값지고 소중하다.

언제부턴가 나는 주변인들로부터 벗어나고 싶었다. 이제 더는 만날 수 없는 사람들의 얼굴을 떠올렸다. 모든 인연이 물 흐르듯 흐르면서 마치 두고 온 유실물 같은 사람들이 자꾸 생겨났다. 나는 더 이상 새로운 사람을 위해 에너지를 쏟고 싶다는

774

1628

마음이 들지 않았다. 지키는 것도 어렵다는 생각이 여행지까지 계속 동반되어 왔다.

8인실 도미토리나 길거리 술집에서 만나는 사람들이 있다. 이름이 뭐예요? 전화번호 뭐예요? 어디에서 왔어요? 얼마 동안 머물러요? 내일 계획이 뭐예요? 이어지는 질문 속에서 나는 상대와의 관계를 의식하지 않았다. 밥 한번 먹자, 조만간 보자는 약속이 지켜지지 않아 소원해진 사람들이 있었기 때문이다. 많은 질문을 통해 서로를 조금 아는 듯해도 인연이 오래 지속되리라는 기대는 하지 않는다. 많은 대화를 두고 온 자리가 씁쓸하고 왁자지껄하지만 어쩐지 마음 한구석은 고요로 가득하다.

숙소를 선택할 때 나는 비좁은 방이더라도 혼자 있기를 원했다. 여행지에서까지 사람들과 북적이며 관계를 갖기가 싫어서였다. 내가 돌아가는 곳에 머물러 있는 사람들을 지키기 위한 방법이기도 했다. 친구들에게 이곳의 근황을 간혹 전하고는 만날 약속은 정하지 않는 것, 그것이 규칙이었다.

약속은 어떤 관계를 지속하게 만들지만, 반대로 번번이 실패할 여지를 남겨 두기도 한다. 막연한 약속을 공수표처럼 날리고 지속될 수 있다는 가능성을 풍기며 살아온 날도 있다. 대다수 지켜지지 않은 약속들이 나에 대한 실망감을 만들었고, 나는 무엇이 잘못되었는지 고민하곤 했다. 함께 밥을 먹는 횟수나 만나서 커피를 마시는 빈도수가 관계의 척도가 되지 않는다는 사실. 여행지에서도 말을 섞게 된 사람과는 딱 그 시간의 그 장면만 즐겁게 보낸다. 구차하게 다음을 약속하지 않고 돌아오는 연습이다.

방콕 숙소에서 잠을 자기 위해 누웠는데, 침대 뒤쪽으로 무언가가 지나가는 느낌을 받아 불을 켰다. 도마뱀이었다. 태어나 처음 본다고 해도 무방한 이 생명체를 어떻게 처리할 것인가. 침대 위에 우두커니 서서 고민을 했다.

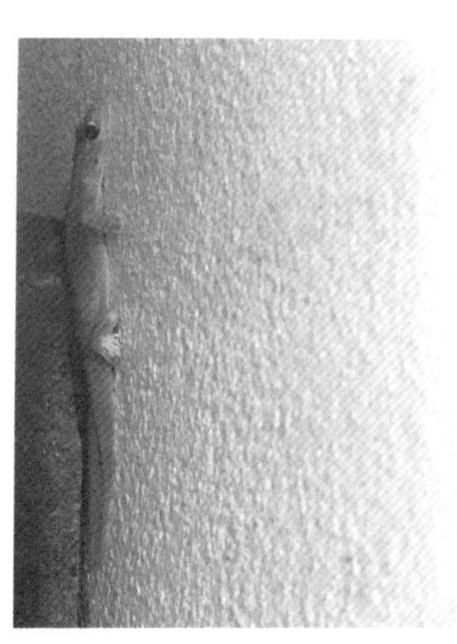

새벽이라 숙소 카운터엔 한 사람밖에 없었다. 나는 도마뱀을 형용하는 각종 영어 단어를 나열하며 퇴치를 부탁했다. 마침 카운터에 있던 사람은 트랜스젠더였다. 잘 부탁하고 있는지 확신이 서지 않았다. 그녀

는 내 방으로 와서 도마뱀을 발코니 쪽으로 몰아내는 데 성공했다. 고마운 마음이 들었지만, 왠지 듬직하면서도 듬직하게만 여겨선 안 될 것 같았다.

9 글로 쓴 사진

존 버거의《글로 쓴 사진》에는 서너 장의 사진밖에 실려 있지 않다. 모두 글로 적혀 있는 사진뿐이다. 존 버거가 말하고자 하는 사진에는 특별한 이야기와 함께 단 한 장의 사진으로 표현되기 어려운 내용도 있는 셈이다.

여행지에서 찍은 사진을 보면 당시의 시간과 공간을 환기하기에 충분하면서도 어쩐지 아쉬운 점이 있다. 생활 중 불현듯 맡은 냄새에서 방콕의 한 식당을 떠올리고, 메콩 강의 물가를 떠올린다. 감각을 열고 다니는 모든 순간이 하나의 사진처럼 간직되지만, 그것을 불러오는 일은 마음대로 되지 않는다. 순간순간 찰나에 마주할 뿐이다.

사진으로 모두 표현하기 어려운 것들이 있다. 두바이 사막에서 모래에 집중한 적이 있었다. 살결 고운 모래 속으로 발이 푹푹 빠져도 괜히 웃음이 났다. 우리는 베이스캠프로 이동해 이름 모를 여자의 벨리 댄스를 보며 양고기를 먹었다. 물담배를 피우는 사람도 있었다. 양고기에 묻은 향신료 냄새, 물담배를 피우는 사람들 사이로 피어나는 연기 등은 사진으로 표현하기 어렵다. 어떻게든 표현하려다가 이내 그만둔 사진들은 흔들리거나 어둠 속에 갇혀 버렸다.

여행을 막 시작한 무렵에는 사진이 남는 것이라는 신념 아래 셔터를 많이 눌렀다. 깜빡이는 눈과 움직이는 눈동자는 렌즈를 바라보는 일에만 몰두했다. 사진을 사람들에게 보여 주고 반응을 얻기, 먼 훗날 다시 사진을 보며 여행에 남겨진 잔상을 되풀이하기 등의 용도로 사진은 활용되었다. 때로는 내가 찍은 사진만이 여행을 재단하여 기억하게 만드는 것 같아 아쉬웠다. 어떤 기록도 남기지 않고 내 몸이 온전히 기억하는 풍경이 있었음에도 말이다.

깜빡이는 눈을 셔터 누르는 것으로 비유하면 좀 유치할까. 기계가 아닌 몸으로 풍경을 기억하는 일에 집중하려고 한다. 물론 그 후에는 사진을 찍거나 녹음을 해서 간직하고 싶은 일부를 담아 온다. 그것은 정말 일부다. 사진이 모든 것을 말해 주고 있다고 속아서는 안 될 것이다. 홍콩의 몽콕 야시장 골목골목에 퍼지는 딤섬 냄새, 두바이의 베이스캠프에서 깔고 앉았던 카펫의 까슬함, 메콩 강변의 야자수 나무에 맨발로 올라서던 아이들의 웃음소리, 호찌민의 데탐 거리나 방콕의 카오산 로드에 섞여 드는 온갖 외국어의 웅성거림 등은 정말이지 사진으로 담아내지 못하고 온전히 내 몸으로 기억하는 풍경이다.

조급한 마음에 앞서 기록하려고 드는 순간 정말 아름다운 풍경은 스치듯 지나가 버릴지도 모른다. 멍하니 어딘가를 응시하는 사람에게서 아름다움을 느낀다. 몸 구석구석 기억하는 하나의 풍경이 한 장의 사진처럼 단정하게 그려질지는 모르겠지만, 그 감각은 사진보다 오래가리라 확신한다. 우리의 몸은 잊히고 있다는 사실도, 새겨지고 있다는 느낌도 알려 주기 때문이다. 때때로 신뢰하는 감각들로 하여금 나는 잊고 있던 풍경을 인화받기도 한다.

9 부정확한 침대들

잠, 잠과 나는 긴밀하다. 잠, 이라고 발음하면 닫히는 느낌을 받는다. 뚜껑을 잘 닫지 않은 잠은 내가 새어 나가기 쉬워서 피로가 금방 몰려온다. 잠, 잠이 부족한 나는 굉장히 예민하고 무언가에 몰두하기 힘들다. 잠, 그래서 나는 잠을 이기기 위해 지는 것을 선택하는 경우가 많다.

침대에서 침대로 옮겨지는 모든 일을 나는 여행이라고 생각한다. 여행지에서 만나는 낯선 침대들. 어디까지나 내 몸에 맞거나 푹신한 정도를 의미하는 편안함은 잠의 질을 결정한다. 조금이라도 숙면한 경우와 긴 시간 동안 뒤척인 경우를 감안하면 잠의 질을 비교하기 쉽다. 다음 날 일찍 일어나야 할 일이 있거나 없는 경우에도 심리적인 영향을 받는다. 잘 자고 싶다고 염원하는 인간의 피로는 계속 여행 중이기도 하다.

정확하지 않은 침대에 누워 정확해지기 위해 노력하는 온갖 의식들, 결정을 내려 보지만 금세 철회되는 심판들, 사사건건 끼어드는 교통사고 같은 사람들의 얼굴, 하여튼 커피를 덜 마셨어야 했다는 반성들……. 우리는 침대에서 얼마나 많은 일을 하고 있는가를 의식하면 잠을 잘 겨를이 없다.

머리만 갖다 대면 자는 사람을 부러워해 본 적 있거나, 잠에 크게 구애받지 않는 사람을 대단하다고 느낀 적이 있다. 나는 아직 잠으로부터 자유롭지 않은 인간의 형태로 산다. 그게 너무나도 익숙해져서 당연히 내 모습인 줄 착각한다. 따뜻한 음료를 가져다가 마셔 보기도 하고, 오랫동안 욕조에 누워 보기도 한다. 인간이 할 만한 모든 잠의 기법이 효과가 없다면 부정확한 침대만 방에 놓여 있을 뿐이다.

정확한 침대, 그것은 안락한 시간을 제공하고 품위 있는 잠자리를 만들어 주는 것이 아니다. 정확한 침대란 인간이 마지막으로 눕게 될 공간이거나, 살면서 그리워하는 잠자리 같은 것이다. 외갓집의 그 자리, 어떤 날의 여관, 누군가의 옆……. 영원할 수 없는 가구로써의 침대를 해체해 나갈 때 우리는 죽음을 완성하고, 더는 피로에 대한 의심을 하지 않아도 될 것이다.

하루를 망치지 않기 위해 전날 밤 아무도 보지 않는 공간에서 잠을 자는 이 비밀스러운 행위가 우리를 얼마만큼 실험하고 있는지 새삼 궁금하다. 끝내 부정확한 침대를 벗어나지 못하는 인간의 몸과 의식은 언제 쉴 수 있는지도. 많은 말이 오고 간 연말 모임을 다녀온 뒤 침대에는 얼마나 많은 말이 남겨질까. 아침이 되어서야 겨우 눈을 감는다면, 아침을 잃은 삶에 큰 부족함을 느끼지 않는 일이 얼마나 계속될까.

나는 다른 사람들과 통계를 내곤 한다. 몇 시간을 잤고, 몇 시간만 더 자면 좋겠고, 몇 시간 후에 일어났어야 했는지에 대해. 부정확한 침대 덕분에 조금 더 정확한 숫자로 나의 피로감을 측정하는 객관적인 성취를 얻는다. 때때로 잠에게서 물러 나와 자야 한다는 숙제 같은 기분을 지우고 싶다. 때때로 잠에게로

다가가 일어나야 한다는 숙제를 하지 않고 싶다. 그런 삶은 이 나라에 없다. 우리는 부정확한 침대의 머리맡에 푹신한 인형을 두거나, 적절한 조도의 스탠드와 책 몇 권을 두거나, 계절별로 이불을 바꾸는 기분 전환으로 부정확함을 대신하려고 한다.

침대에 누워 잠을 요청하는 동안 부지런해지는 사람에겐 깊은 잠이 찾아가지 않는다. 일찍 누웠어도 그만큼 깊은 잠이 들지 않을 때가 많듯이. 정확한 침대의 주소는 누구에게나 있지만, 그곳으로 가는 여행은 쉽지가 않다. 부정확한 침대의 주소를 벗어나려는 일만 여행 계획에 놓여 있을 뿐. 침대가 나를 갖춘다. 나를 다듬고 재단한다. 일어난 뒤의 침대는 여전히 부정확할 뿐이고, 잠은 매일 다른 눈동자로 나를 들여다본다.

실수들

케임브리지에서 지갑을 잃어버렸다.

어렴풋이 기억나는 장면들 속에는 지갑이 없었다. 낯선 외국인들의 말소리나 풍경이 더욱 생경하게 느껴지는 순간에 나는 지갑을 잃어버려서는 안 될 이유를 헤아렸다. 전날 포토벨로 마켓에서 보고는 너무 마음에 들어 고민 없이 샀던 지갑이었다. 안에는 미리 끊어 둔 며칠 치의 기차표와 모든 파운드가 들어 있었다. 핸드폰 사진 인화기가 신기하다고 해서 전날

밤 숙소에서 친구들과 사진을 찍어 인화한 것도 들어 있었다.

행선지를 거꾸로 밟으며 추적에 나선 나와 친구들은 발걸음이 급해졌다. 낯선 곳의 아름다운 풍경을 즐길 겨를도 없이 최대한 빠르게 기억이 닿는 곳으로 이동했다. 가장 오래 머물렀던 카페에 도착한 나는 카운터에서 분실한 지갑을 찾을 수 있었다.

카페 직원은 신분 확인을 원했다. 알려 줄 방법이 없어 당황하다가 전날 밤 인화한 사진이 떠올라 내 얼굴과 대조하고는 지갑을 돌려받았다. 잃어버린 것 하나 없이 그대로 있는 줄 알았는데, 지폐는 모조리 사라지고 없었다. 그나마 다행이라고 생각했다. 덜렁이가 어디 가겠나. 운이 좋은 덜렁이는 동전을 털어 아이스크림도 사 먹었다.

누적되는 실수는 쌓여 높아질수록 나를 자꾸 작게 만든다. 그것은 별명이 되고 숙제가 되기 일쑤다. 여행지에선 정신을 바짝 차리고 다녀야 한다. 실수는 할 수 있지만 용서는 내가 할 수 있는 것이 아니라서 두 눈을 크게 뜨고 다닌다.

호찌민에 대한 악담을 많이 들어서 데탐 거리를 활보할 때는 허리춤에 차는 가방을 이용했다. 눈 뜨고 코 베인다는 말에 돈을 여기저기에 숨겨 놓았다. 아무 일도 없이 숙소로 돌아왔

SHAKTI
STONE
MAXI MARKET
OPEN

다. 실수가 서성거리는 곳을 잘 지나왔구나 싶은데 문이 열리지 않았다. 옆방을 내 방으로 착각하고 손잡이를 덜컥거렸다. 끝날 때까지 끝난 게 아니라는 정체불명의 명언이 머리를 스쳐 지나갔다.

오키나와에 같이 가기로 한 후배의 비행기 표 예매를 대신해 주었다. 공항에서 티켓팅을 하는 와중에 예매하며 입력한 후배의 영문 이름과 여권의 영문 이름 중 철자 하나가 틀리다는 사실을 발견했다. G와 K의 한 끗 차이에 우리는 당황했다. 일사천리로 진행될 줄 알았던 여행이 시작부터 꼬이게 되었다.

많은 시간을 허비하고 수수료를 물어 가며 겨우 출발 시간에 맞춰 비행기에 올라탔다. 하지만 우리는 환전조차 하지 못하고 오키나와로 향하는 실수를 저질렀다. 걱정 사이로 삐져나오는 호기로운 웃음이 덜 다친 큰 코에서 새어 나왔다.

모 광고 회사의 인턴을 하던 나는 커다란 실수로 인해 경위서를 써야 하는 상황이 생겼다. 인턴 자리마저도 짐작하기 어려웠다. 그 일로 골치 아파하고 걱정을 하는 내게 동생이 말했다.

"형은 맨날 잘하려고만 해서 이런 일에도 겁부터 먹는 것 같아."

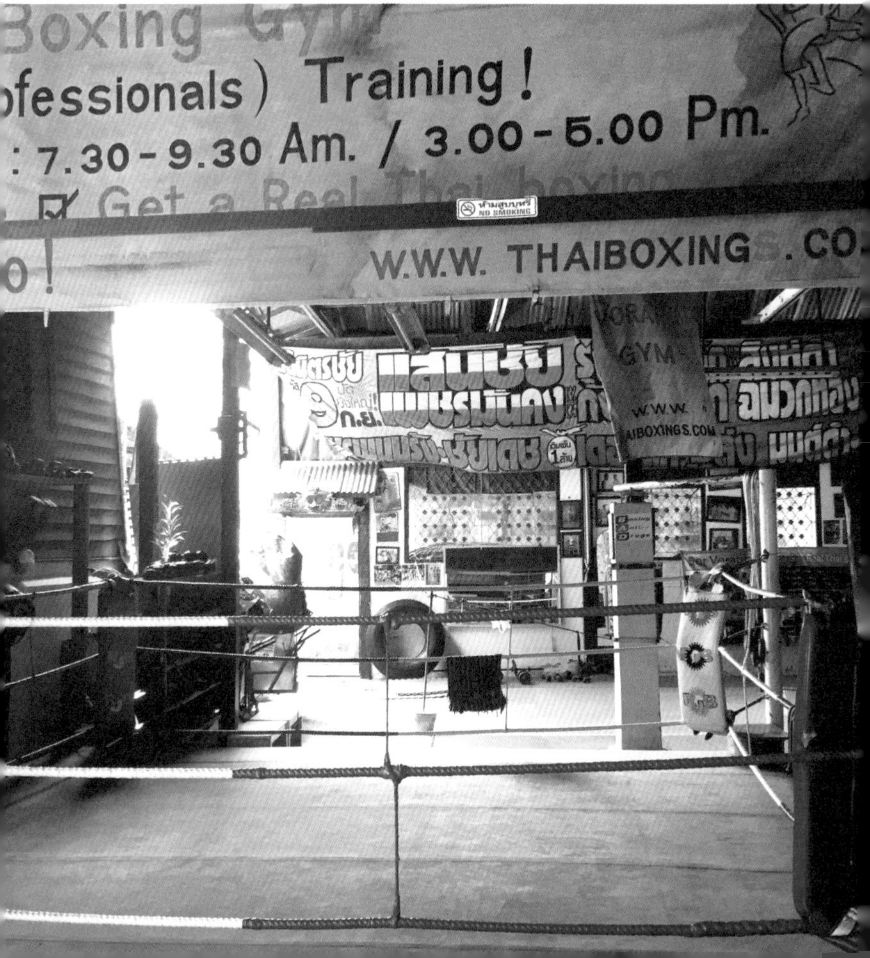

Boxing
ofessionals) Training!
: 7.30 - 9.30 Am. / 3.00 - 5.00 Pm.
NO SMOKING
W.W.W. THAIBOXING .CO

나는 실패를 경험한 일이 별로 없었다. 성공을 다짐하다 그만둔 일은 많았지만, 실패라고 기록될 만한 일은 많지 않았다. 어린애인 줄만 알았던 동생의 한마디에 나를 돌아봤다. 인턴 못 해서 내가 내일 당장 굶어야 하는 것도 아니다. 괜찮아!

나는 무릎을 치며 경위서를 작성했고, 며칠 뒤에 잘렸다. 여행 계획이 무산되었고, 도미노처럼 실패의 실패들이 생겨났다. 동생은 자기가 했던 말을 기억하지 못했다. 미담처럼 기억하고 싶은 한 가지의 실수가 나를 어디론가 데려다 놓은 것 같았다.

카오산 로드에서 조금 떨어진 곳을 걸어 보고자 마음을 먹었다. 그날은 지도를 보지 않고 무턱대고 걸었다. 개똥들이 즐비한 좁은 골목으로 들어서자 이상한 소리가 들렸다. 기합 소리 같았는데, 무섭고 으스스한 기분이 들었다. 막다른 골목에 당도하니 텅 빈 무에타이 경기장이 보였다. 이름 모를 선수들이 이상한 표정으로 나를 쳐다보았다. 오늘은 경기가 없다는 시늉을 하듯 손으로 가위표를 그렸다. 나는 아쉬워하는 연기를 하며 재빨리 그곳을 빠져나왔다.

여행에서 돌아와 사진을 정리하다 보면 정체불명의 사진을 꼭 마주하게 된다. 많이 흔들려서 형체를 알아볼 수 없거나, '이

건 왜 찍었지?' 싶은 사진들. 사진의 정체를 알아내기 위해 온갖 기억을 헤집는 시간이 오면 뭔가를 찾으려고 서랍을 열어 들쑤신 기분이 든다. 실수라면 실수였겠지만, 선명하고 뚜렷한 사진들과는 또 다른 느낌이 든다. 의도치 않게 비밀이 생긴 마음으로 사진을 보며 물음표를 갖는다. 실수라 여기면 어딘가 기분이 촉촉해진다. 그때의 실수가 아찔했고, 어떤 실수든 반복될 것을 알기 때문이다.

MERCURY

우선순위
여행 부록

동행으로 만난 한 여자아이는 여행을 하는 동안 제일 중요하게 생각하는 조건이 바로 '먹는 것'이라고 말했다. 남녀 공용 도미토리에서 몸을 구겨 잠을 자더라도 그 지역에서 제일 맛있는 음식을 양껏 먹는 것이 우선순위라고 했다. 나는 여자아이의 말에 반박했다. 내가 우선으로 생각하는 조건은 잠이었다. 숙면을 취할 최소한의 쾌적함이 완성되어 있는 개인 방이어야 한다. 먹을 것에 크게 연연하지 않는 내게 숙소는 제일

pokka Sapporo
SPORTS WATER
烏龍茶
天然水
Ribbon Citron
100円
¥130
¥100
つめた〜い
BLACK
NECTAR

높은 우선순위였다.

우리는 서로 고개를 끄덕이면서도 다름을 알게 되었고, 둘 다 지나치게 논리적이었다. 한국에 돌아가면 먹어 볼 수 없는 음식의 가치를 숙소와 비교할 수 있는지? 질 좋은 잠을 자고 나면 하루가 얼마나 값진지? 갑론을박하며 우리는 맥주가 떨어지도록 벌컥벌컥 마셨다.

만약 같이 여행을 다니는 친구 사이였다면 꽤나 피곤해졌을지도 모르겠다. 살면서 자신마다 가지는 우선순위가 있다. 그것이 다르면 서로가 동시에 만족하는 일이 드물어진다. 어쨌든 둘이 맛있는 헝가리 음식을 먹고 돌아오면서 내가 이겼다고 자신했다. 같은 것을 먹고 돌아간 곳은 다를 테니까. 그렇게 여겨 버리니 배가 고파졌다.

쓸모없음의 모험

독일 뉘른베르크 한 기념품 가게에서 버튼을 누르면 돌아가는 회전 그네 모형을 지긋이 바라본다. 크리스마스 마켓에서 본 모형은 내 마음을 삽시간에 사로잡는다. 시트콤의 한 장면처럼 흰 옷을 입은 천사가 등장해 말한다.

"어머, 그건 사야 해. 예쁘고 사랑스럽잖아. 그냥 돌아가면 분명 생각날 거야."

삼지창을 든 악마가 나타나 말한다.

"쓸모없는 고철 덩어리야. 나중에 이걸 왜 샀을까 후회만 할 거라고."

나약한 마음씨를 가진 나는 언제나 천사에게 기댄다. 여행 마지막 날 내가 사 모은 것들을 바라보면서 후회하지 않으리라 다짐한다.

나는 사람들이 사지 않을 법한 물건을 주로 산다. 여행을 함께 간 친구들은 이해하지 못하는 경우가 많았다. 엄마와 여행하는 동안에는 몇 번이고 혼났다. 펑펑 쓸 돈은 없어도 덜 먹고 덜 마셔서라도 사고 싶은 물건은 사고 만다. 집으로 오면 대체로 진열장에 놓여 먼지만 먹는 경우가 많지만. 어쩌다 오르골을 열어 보거나 모형을 다르게 배치해 보는 정도로 끝나는 나의 취미는 그렇게 미궁 속으로 사라지곤 한다.

쓸모가 없더라도 끝내 귀한 것이 되지 않을까 하는 믿음 하나가 있다. 나에게서 찾고 싶었던 이 허기진 마음을 온갖 쓸모없는 장식품으로 채우려고 했을지도 모른다. 그리 생각하니까 더더욱 쓸모없는 것들과 함께 세상을 모험하는 기분이 든다. 여행을 마치고 돌아온 나의 더 긴 여정을 바라봐 주는 쓸모없는 것들. 그들의 애정을 소유하고 싶은 가냘픈 욕심이 든다.

9 크리스마스 마켓

나의 여행 사진에는 유독 노인이 많이 등장한다. 새벽 6시 프라하의 카를 교를 유유히 걷던 지팡이 든 노인, 슈퍼마켓 앞에서 장 본 물건을 헤아리는 노인 등 다양하다. 노인을 좋아해서 사진을 찍는 것만은 아니다. 노인들은 피사체가 되기에 적합한 조건을 가지고 있다. 느리고 주변을 잘 신경 쓰지 않기 때문이다.

크리스마스 한 달 전부터 거대한 크리스마스 마켓이 열린 독

ne

Hunde-Parkplatz
P

일 뉘른베르크. 유럽에서 가장 큰 마켓 규모를 자랑했다. 각종 보석, 크리스마스 장식품, 초콜릿이나 빵 등 다양한 물품을 판매하고 있었다. 집에 돌아가 싸구려 하나 걸어 둘 트리가 없다는 사실이 씁쓸할 정도로 정말 다양한 종류의 장식품이 가득했다.

마켓 앞에 즐비하게 들어선 노인들은 아주 신중하게 장식품을 골랐다. 하나를 집어 요리조리 살피다가 이내 내려놓고 다른 장식품을 살피는 모습을 지켜보았다. 자고 있는 천사, 나팔 부는 천사, 별자리가 새겨진 별 등 노인들이 매만지는 장식품은 모두 평온하고 아름다웠다.

노인들은 매해 크리스마스 마켓에 들려 젊은이들 사이에서 자신만의 트리를 위해 장식품을 골랐을 것이다. 단 하루를 빛내기 위해 수년 혹은 수십 년 동안 모아 온 장식품이 나무 한 그루에 매달려 있을 모습을 상상하니 괜히 기분이 좋아졌다.

어릴 때 아빠가 크리스마스 보름 전부터 트리를 꺼내 같이 장식하기를 권유했다. 그게 귀찮아서 마무리는 아빠가 다 했다. 촌스러운 조명과 8비트의 캐럴이 흘러나오던 장치, 플라스틱이라 부러지기도 하던 나뭇잎. 먼지 낀 장식품 때문에 엄마가 옆에서 재채기를 하던 풍경도 떠오른다. 이제는 누구도 집안에 트리를 장식하자고 제안하는 사람이 없다. 혼자 살게 된

이후로는 아예 모르고 살았다.

문득 이런저런 기억이 떠오르자 트리 장식품을 고르는 노인들이 부럽게 느껴졌다. 세계 곳곳에서 매년 겹겹으로 쌓아 올렸을 견고하고 우아한 트리를 떠올리게 해준 노인들이 사진 속에 등장하면 혼자 웃는다. 사진을 보며 잠깐 반짝거리는 마음을 갖게 되는 것이 좋아서 느리게 걷고 평온한 얼굴을 하고 있는 노인들을 자주 바라본다.

매년 손꼽아 기다릴 기념일이 있다는 건 크나큰 행운이다. 누구에게나 주어지는 달력이지만 그날의 의미를 예쁘게 꾸미고, 근사하진 않아도 맛있는 식사를 준비하여 좋아하는 사람들과 대화하는 것. 나는 이를 굉장히 소박한 삶이라 말했다. 지금은 해가 지날수록 어려운 일이라는 걸 깨닫고 있다.

이곳에만 있다고 해서

이곳으로 오니 내가 오래 머물렀던 저곳이 하찮고 비좁게 느껴진다. 여행 중 내가 놓여 있던 곳에서는 항상 그랬다. 이곳은 이토록 아름다운데, 저곳은 왜 아름답지 못할까. 그런 마음들은 나를 도망 온 사람처럼 만들었다. 아름다운 곳에서는 그런 생각을 하지 말자. 내가 이곳에 있다는 것이 중요해. 혼자 중얼거리는 시간이 많았다.

이곳에만 있다고 해서 산 물건들이 꽤 많다. 체코의 온천 도시인 카를로비 바리에서는 온천수를 떠다 마시도록 관광객을 위한 컵을 팔았다. 주전자처럼 주둥이가 달려 있는 모양이었다. 프라하에서는 불을 켜면 형형색색으로 빛나는 캔들 홀더를 샀다. 이곳에만 있어요, 라고 호언장담하는 주인의 얼굴이 생생할수록 두 손은 무거워졌다. 이곳에만 있는 것들로 채울 저곳의 아늑함을 떠올렸다. 먹지 않아도 배부르다는 기분을 알 것 같았다.

체코에서 오스트리아로 넘어 왔다. 칼바람을 피해 우연히 들어간 기념품 가게에는 카를로비 바리의 온천수 컵과 프라하에서 본 캔들 홀더가 그대로 있었다. 지역 이름은 '오스트리아'로 둔갑해 있었다. 허탕 친 마음은 이제 이곳저곳 어디든 다 있는 물건을 가진 나를 보여 줬다. 먹어도 배가 고프다는 기분을 알 것 같았다.

여행 중에는 언제나 민낯을 드러낸 기분이 된다. 나를 꾸미지 않아도 보고 듣지 못한 수많은 것들이 놓인 바로 이곳에서 내가 채워지기 때문이다. 먹는 것, 자는 것, 노는 것, 마시는 것들의 경로가 대개 비슷한 저곳에서의 생활은 너무나도 익숙해서 이곳의 낯선 여정이 반갑다. 나는 왜 저곳이 좋지 않을까.

저곳이라고 말하던 한국, 서울, 고척동으로 돌아오면 여행하던 곳들은 다시 저곳이 되고 집은 이곳이 된다. 변한 것 하나 없고 달라질 일이 만무한 세계 속으로 들어와 선반의 먼지를 닦고 여기저기에서 팔던 캔들 홀더와 온천수 컵을 올려놓는다. 잔뜩 돈을 들인 듯 보이지만 사실 없어도 그만인 누군가의 장식장처럼 조금씩 채워져 가는 나의 선반에는 저곳도 이곳도 되지 못한 내가 비스듬히 놓여 있다.

두 개의 스위치가 있는 방

이름을 두 개 갖는다는 의미는 보다 개별적이고 공식적인 별명 하나가 생기는 일이라고 대수롭지 않게 여겼다. 시인이 되기 전과 되고 난 후의 가장 큰 차이점은 하나의 이름을 더 쓰게 된 것일 뿐이다.

나는 내 이름을 좋아하지 않았다. 사람들이 이름만 듣고 느끼는 이미지가 특정해서 그랬다. 성남 분당구에는 서현동이라는 동네가 있다. 강남의 논현동도 현동이다. 김구라의 본명도

김현동인데, 뭔가 나보다 커다란 것이 연상되는 이름 같아서 혼자 일어서지 못했다.

엄마와 드라마를 보면서 이런저런 이야기를 하다가 서윤후라는 이름을 만들었다. 우리 손에는 작명책이나 연필 대신 귤이 들려 있었다. 노랗게 물든 두 손을 털어 내며 서윤후라는 이름이 예쁘고 좋다는 감상평도 남겼다. 그 이름으로 처음 투고한 신인상에 당선되어 얼떨결에 서윤후라는 시인이 되었다.

이 방에는 두 개의 스위치가 있다. 둘 다 켜면 두꺼비집이 내려갈 수도 있다. 그러면 스위치가 두 개나 되어도 방은 컴컴해질 것이다. 어두운 방 안에 누가 앉아 있을까. 나는 이러지도 저러지도 못하면서 스위치를 더듬거린다.

하나의 스위치만 켠다고 밝지 않은 것은 아니다. 하나는 스탠드처럼 내가 가까이 바라보는 것에 불이 켜진다. 다른 하나의 불빛은 은은하게 방 전체를 밝혀 준다. 서로의 쓰임새가 조금 다르다. 하나의 불빛만으로는 살 수가 없어서 두 개의 스위치를 켠다. 그만큼 전기세를 많이 낸다. 마음을 두 배로 쓴다는 것이 그렇다.

처음 필명을 가지고 작품 발표도 하고 문단 술자리에도 나갔다. 사람들은 내게 "윤후야!"라고 불렀다. 윤후라는 이름이 새

KEEP

운동화 같아서 발꿈치가 까지고 벗겨지는 기분이 들었다. 새 이름이 새것의 삶을 줄 수 있으리라 기대했지만, 집에 돌아온 나는 본명으로 살아야 했다.

시를 쓰는 순간에는 두 사람이 나란히 앉아 체스 게임을 두듯 신중했다. 고등학교 친구들을 만나면 서윤후라는 사람은 암전이었다. 좋아하는 시인 앞에서는 필명을 소개하며 나를 한 번 더 기억해 주었으면 좋겠다고 바랐다. 잠들기 전에는 두 사람이 한 침대에 나란히 눕는다고 생각했다.

이 이야기는 엄살이 아니다. 단지 내 이름을 내가 불러 보는 일이다. 처음 본 사람처럼 나를 마주하는 곳곳에서 나의 이름이 되물었다. 너의 이름은 무엇이니?

나의 메모장 곳곳에는 내 안의 쿠데타 끝에 세워진 몇 가지 조약들이 적혀 있다.

※ 하루에 1,000밧을 넘기는 지출은 하지 않는다.

※ 나흘에 한 번 손빨래를 한다.

※ 마지막 날에는 소중한 사람들에게 이곳의 마음을 담아 엽서를 쓴다.

※ 선물한다고 샀으면서 내 것인 척하지 않는다(탐내지 않는다).

※ 두 다리가 마치 '녹아 사라진다'는 느낌이 들 때만 택시를 탄다.

※ 아무것도 하지 않은 날이라도 죄책감을 갖지 않는다.

※ 이곳의 섣부른 기분으로 타인에게 돌아가 만나자거나 보고 싶다는 말을 함부로 하지 않는다.

※ 물을 많이 마신다.

※ 매일매일 여권이 있는지 확인한다.

※ 마지막 날 옷 한두 벌은 버리고 가기.

※ 노트북에 적은 시와 낙서는 모두 메일로 미리 보내 놓기.

※ 여행 중 절반은 카메라 없는 날로 지정해서 다니기.

※ 한 도시 한 시장 방문하기.

※ 사야 할지 말지 고민되면 무조건 사지 않기.

※ 하루에 한 번은 꼭 쌀밥 먹기.

※ SNS 계정은 로그아웃하고 메모 어플 열기.

※ 밤 12시 이후에는 외출 삼가기.

※ 호주머니에 쌓인 잔돈들 정리해서 남김없이 쓰기.

※ 이곳의 언어가 적힌 영수증, 티켓, 팸플릿 챙기기.

※ 기념할 만하다고 해서 읽지도 못할 책 사지 않기.

※ 선크림 꼼꼼하게 바르기.

※ 누가 시킨 적 없는 일만 하기.

※ 배고파도 마트나 편의점에 절대 가지 않기(식후 방문 요망).

※ 매일매일 관광 아닌 산책을 위해 걷기.

※ 다음 날에 대한 계획은 반드시 전날 밤에 하고 잔다(어디를 갈지, 무슨 옷을 입을지).

※ 매일매일 기억에 남는 혼잣말로 일기 쓰기.

※ 음식 주문, 커피 주문, 가격 흥정 외에 현지어로 대화하기.

※ 귀국까지 며칠 남았는지 세어 보지 않기.

※ 외국이라고 허세 부리며 팝송만 듣지 않는다.

※ 피곤하면 바로 쉬고, 하루 계획을 무산시켜도 괜찮다.

※ 공항에서 잔돈 다 쓰기.

※ 일찍 일어나지 않는다.

※ 좋았던 곳은 여러 번 가서 반짝 단골이 되어 본다.

여행 이곳저곳에서 되새기는 마음으로 적은 조약들을 모아 보니 거대한 조약처럼 보인다. 그다지 실속은 없다. 내 멋대로 하는 일에 집중되어 있는 나와의 약속이다. 약속은 나를 단정하고 계획이 뚜렷한 사람으로 만든다. 하지만 대부분의 약속은 지켜지지 않았을 때의 죄책감이 크다. 죄책감이 자꾸 뾰족해져서 다음의 약속을 보다 정확하고 세밀하게 세공하기도 한다.

얼마나 지켰느냐가 아니라 얼마나 지키지 못했느냐에 무게를 두면, 추방을 앞둔 망명자처럼 초라해질 수도 있다. 그래도 규칙은 바구니 하나로 시작하는 작은 생활이 되고, 의미가 되어 채워지기도 한다. 나라는 대륙이 움직이면서 나라는 정부가 수립된다. 마음의 쿠데타를 지켜보고 참여하는 싸움 속에서 합의를 이뤄 나가는 과정 중에 여행은 치열해지다가 식기를 반복한다. 그리고 반드시 아무 일도 없었던 것처럼 사라진다. 유령 도시는 어디론가 또 흘러가고.

이후의 삶
— 고모 같은 동유럽

여행에 다녀온 뒤 사람들은 내게 말했지. 잘 다녀왔니? 어쩐지 나는 아니오, 라고 대답을 하고 싶은 거야. 여행은 참 좋았는데 이상하게도 힘들었던 기억이 더 많이 남았지. 한 달 동안 동유럽의 핵심이라고 할 프라하와 빈, 뮌헨에서 열흘씩 머물렀지. 보통 사람들은 세 도시에서 각 3박 이상 머물지 않아. 볼 게 없거든. 다들 어디론가 계속 이동하고 멀리 나아가지. 나는 조금이나마 생활을 해보고 싶었어. 볼 거 다 보고 난 후가 진짜 여행이라고 생각했거든.

프라하의 숙소에선 7개의 침대가 들어 있는 커다란 아파트먼트를 혼자 썼지. 성수기에는 도미토리로 쓰는 방을 비수기라 혼자 독차지했어. 침대에 누워 있으면 꼭 산골에 있는 병원에 온 기분이 들었어. 매일매일 오늘 하루는 어땠는지 진찰을 했지.

치아 교정으로 입안에 상처가 많아서 먹는 일이 곤욕스러웠거든. 뭔가 해 먹기 위해 주방이 있는 아파트먼트를 예약했는데, 주방에서는 라면 끓여 먹는 정도밖에 하지 못했어. '나, 햄버거 먹으러 왔냐?'란 말을 혼잣말로 내뱉으면서 며칠 동안 햄버거를 사 왔지. 기분을 내기 위해 빈 접시 위에 고기 패티만 덜어 놓고 스테이크인 척, 채소만 담아 놓고 샐러드인 척하면서 먹었어. 근사하다는 착각은 그리 오래가지 않았지.

프라하는 너무 예뻐서 욕이 절로 나오는 곳이었지. 나중에 이곳에 또 와야겠다, 그땐 혼자가 아니었으면 좋겠다는 상상을 참 많이 했지. 정말 많은 관광객들이 카를 교 위에서 사진을 찍고 있었어. 나는 DSLR 카메라를 들고 셀카를 찍었어. 손이 부들부들 떨려서 사진이 유령처럼 나와 이내 포기했지.

'유랑'이라는 네이버 카페에서 만난 동행과 지역 식당에서 밥도 먹고 서로 사진도 찍어 주었어. 혼자서는 먹을 수 없는 음식을 나눠 먹으면서 여행 이야기를 나눴지. 그들과 헤어지고 돌아오는 길이면 나는 늘 생각했어. 나는 '아직'이라는 말에 머물러 있다고. 혼자서도 뭐든 잘해 낸다고 늘 여겨 왔는데, 사람들과 함께 있을 때와 그렇지 않을 때가 너무나도 달랐어. 혼자서 청승 떨기도 지치겠다 싶어서 각 여행지마다 한 번씩 동행을 구해 같이 식사를 했지.

오스트리아에서는 원고 마감할 곳이 세 군데나 있어서 곤욕스러웠어. 숙소에서는 와이파이도 되지 않아서 근처 맥도날드로 갔지. 원고를 쓴 시간보다 메일로 보내기 위해 기다리는 시간이 더욱 오래 걸렸어. 커피 하나 시켜 놓고 제일 좋은 창가자리를 차지하고 있었지. 죽었는지 살았는지 알 길이 없던 동물원의 뱀이 된 기분이었어. 이대로 겨울잠을 자고 싶어지는 순간 메일 발송이 완료되었어.

빈에서는 예술 체험으로 가득했지. 클림트, 실레의 그림을 직접 봐서 좋았어. 근데 원래 딴짓이 더 재미있잖아. 레오폴트 미술관에서는 2유로를 내면 찍을 수 있는 4컷짜리 세피아 사진을 찍었지. 여자 셋이서 놀러 왔는지 한자리에서만 사진을 서너 번 찍느라 30분을 넘게 기다렸어. 사진을 보고 낄낄거리고 서로 못생겼다고 놀리는 것이 꼭 내 친구들 같았어. 그렇게 혼자 들어선 사진기 앞에서 나는 카메라를 못 찾고 엉뚱하게 사진이 찍혀 한 번 더 찍었지. 바깥에서는 노부부가 차분하게 기다리고 있더라.

내가 오스트리아 빈에서 기대한 건 비엔나커피도 아니고 소시지도 아니었어. 훈데르트바서 할아버지였지. 그의 미술관과 직접 디자인했다는 쓰레기 소각장을 다녀왔어. 영어를 잘 모르지만 딱 기억에 남는 게 있어. 유언에 따라 그는 호주에 있는 어떤 섬의 자두나무 아래에 잠들어 있다는 거지. 그게 좋았어. 자두 같은 사람이라니, 심장이 말캉말캉해지는 기분이 들었어.

빈에서 한 시간 반이면 가는 슬로바키아의 브라티슬라바에도 갔어. 'Made in SlovaKIA'라고 적힌 기아 자동차 광고판이 눈에 띄는 곳이지. 영화 〈호스텔〉에서 여행자들의 인신매매가 이루어진 도시로 소개되어서 한동안 몸살을 앓았던 곳이래. 여행 후 궁금해서 영화를 봤는데, 정작 영화를 찍은 주 배경은 체코의 체스키 크룸로프였어.

어쨌든 이상한 기운으로 슬로바키아를 만끽했어. 들어가는 곳 모두 너무 마음에 들어 신기했어. 개와 노인과 젊은이들이 모여 있는 카페도 그랬고, 갯벌 맛이 나긴 해도 분위기로 해감할 만한 식당도 그랬지. 파리 테러 이후라서 프랑스 대사관 앞에는 세상의 모든 촛불들이 모여 안간힘을 쓰고 있었어.

내가 혼자여서 슬펐던 곳은 뮌헨이었어. 뮌헨은 생각보다 굉장히 크고 웅장했어. 바쁜 사람들이 바쁘게 발걸음을 옮기는

BAHAR BLUMEN

AUTOBUS
HALTESTELLE
PREISLISTE
SAHM

대도시였어. 그 속에서 혼자 전전긍긍할 무렵이면 난민들이 말을 걸어왔어. 나는 슈투트가르트에 가야 해. 표를 끊어 줄 수 있겠니? 자동 매표기에 슈투트가르트를 입력하자 매표소를 이용하라는 문구가 나왔어. 그들이 닿을 수 없는 곳이었을까. 도와주지 못하고 돌아서도 그들은 고맙다는 인사를 빼먹지 않았어. 담배꽁초 쌓인 역 앞에 온갖 짐들을 놓고 죽치고 있는 가족들. 인형을 껴안고 해맑게 웃는 아이를 보면서 나는 돌아갈 곳을 짐작하며 안심했어. 내가 비겁한 순간이었지.

동유럽에는 많은 관광객이 있고 도난 사건도 잦다고 해서 힙색을 준비해 갔어. 시장 아주머니들처럼 허리춤에서 돈을 꺼내면 너무 유별나 보이지 않을까 걱정도 했지. 다행히 아무런 사고 없이 여행을 마무리했어. 내게 위험한 건 나뿐이더라.

공항으로 가기 전 카페에서 노트북으로 일기를 쓰다가 노트북을 떨어뜨렸어. 태블릿 PC처럼 두 동강이 나면서 내 여행은 끝이 났어. 매일 겪었던 분노의 일기는 A4로 40장이 넘었는데, 노트북이 고장 나면서 사라졌어. 이 정도 추억은 있어야 하지 않겠어, 라고 말했고 신이 도미노를 쓰러뜨리듯 무너지며 집에 도착했어.

동유럽을 고모라고 부르고 싶은 이유는 왜일까. 가깝고도 멀게 느껴져서 그랬나 봐. 나는 여전히 '아직'이라는 말을 곱씹고 있어. 준비가 되지 않은 내게 동유럽은 그런 곳이었어. 좋은 사람과 있었으면 하는 빈자리를 나로 채울 수 없음을 느꼈지. 근사한 현지 음식 대신 아시아 식당에서 포장해 온 음식으로 한 끼를 해결하고, '도대체 여행은 무엇이지?' 하는 수수께끼에 휘말리게 되는 사건의 연속.

나는 세 나라를 오가는 동안 17곳의 도시를 구경했어. 기차와 버스를 타고서. 어디든 그곳만의 생활이 있고 삶이 있었어. 예쁘고 근사한 기념품 가게보다 두 손 무겁게 장을 봐서 들어가는 사람들을 보았지. 저들은 오늘 저녁 식사로 무엇을 해 먹을까, 먹으며 무슨 이야기를 나눌까 궁금했어. 호기심들이 나의 생활을 재촉했어. 너의 생활을 시작해. 너의 생활을 만들어.

이미 해 왔지만 새삼 새롭게 다시 한다는 마음을 먹게 하는 것이 여행의 이유라고 느꼈어. 혼자서 단 한 줄의 정답을 얻으려고 한 달 동안 고모 곁에서 칭얼거린 듯한 기분이야. 그래서 나는 고모 같은 동유럽이라고 말하고 싶어.

여기 구로구 고척동의 우리 집 하늘에는 15분에 한 대씩 비행기가 지나다녀. 저들은 누구의 곁으로 가는 걸까. 돌아와 무슨 말을 하게 될까. 궁금증은 고심해서 데려온 엽서에 말풍선을 그리게 해. 나는 그런 힘이 신기해서 매번 팔씨름에 지는 사람이야.

엽서의 세계

마음을 아프지 않게 자르다 보면 엽서가 되는 것 같아서 엽서 앞을 자주 서성거린다. 빈칸과 무언가로 채워진 앞뒤를 공평하게 만들기 위해 이름을 적고 뭔가를 적어 내려간다. 내가 쓰지만 내게 남지 않는 말들은 어디로 어떻게 가서 박힐까, 녹게 될까. 그런 생각을 하면서 엽서를 집었다가 내려놓고 막연하게 사람들의 얼굴을 떠올리면 한두 시간은 훌쩍 지나간다.

예전에는 엽서를 주고받는 일이 좋아서 엽서 고르기에 많은 시간을 들이는 줄 알았다. 요새는 평소에 표현을 잘하지 못해서 엽서에 집착하는 것이 아닐까 싶다. 말로는 일어서지 못하고 글이 되어야 걸어 나갈 수 있는 의미와 안부가 있을 테니까.

집에는 아무런 말도 쓰지 못한 엽서로 가득 채운 벽이 있다. 침대 머리맡에 빈 말풍선을 달아 놓은 셈이다. 여행지에서 쓴 엽서를 돌아와 전하고도 남은 엽서는 차곡차곡 쌓여 몇 백 장이 되었다. 말은 딴 길로 새기 쉬운 아이 같아서 사람과 만나 미처 하지 못하는 말들을 골라 적는다. 진심을 다해서.

언젠가부터 나는 엽서에 예쁜 말만 골라 적기 시작했다. 적당히 읽으면 기분이 좋아지는 말을 알고 있어서 전략적으로 엽서를 쓴 것이다. 사람들은 나의 엽서를 받아 들고 좋아하지만, 예쁜 말은 방향을 잃고 진심을 놓치는 경우가 더러 있다. 하지 않으면 안 될 말이 아니라 굳이 해서 꾸밈을 더하는 말을 알아차리면서 나는 엽서를 가득 채우지 않고 주는 버릇이 생겼다. 모든 말은 할 필요가 없다는 것을 엽서 한 칸이 내게 알려 준 셈이다.

숙소에 돌아와 오늘 산 엽서들을 살펴보면, 내가 이걸 왜 샀지 싶은 엽서가 있다. 이건 누구에게도 주고 싶지 않다고 느껴지는 엽서도 있다. 둘이 보면서 깔깔거리는 귀여운 엽서가 있고, 집에 가서 읽겠다는 약속을 받아 내야만 하는 부끄러운 엽서도 있다. 편지는 부담스럽고 카드는 너무 짧다. 엽서 정도의 크기가 나의 마음을 아프지 않게 잘라 준다. 안부를 짊어진 말을 멀리, 최대한 멀리 여행 보내는 심정으로 쓴다.

엽서는 내가 갈 수 없는 마음까지 대신 걸어 주는 사람이다.

한국이 미워서

먼 여정을 뒤로하고 입국하면 안도감이 들다가도 현실이라는 사실을 조금 부정하게 된다. 당장 내일 아르바이트를 가야 하거나, 당장 오늘 밤 보내야 할 메일이 걱정된다. 스마트폰이 정상으로 작동되면서 문자나 부재중 전화로 나를 압박하는 것들이 속속 도착한다.

오키나와나 대만+베트남을 다녀오던 여행에서 나는 공항에 있는 분식집을 갔다. 매운 떡볶이가 먹고 싶었다. 매운맛을 보고

땀을 흘리면서 한국이라는 나라에 동기화를 한다. 여행 다녀온 여운을 잠깐 가시고 당장 오늘을 살 수 있게 만드는 방법이다. 자연스럽게 어묵 국물을 더 달라고 말할 수 있다. 여행에선 단지 외국말을 많이 써서가 아니라 한국말을 거의 하지 않아서, 한국말로 해결하는 모든 일들이 조금은 새롭게 느껴지기도 한다.

"우리가 돌아왔어!"

이 외침에는 어쩐지 서글프면서도 다행스러운 여러 감정이 교차한다. 이제 막 이륙하는 비행기가 보이고, 공항버스에서 내린 여행자들의 얼굴도 보인다. 너무 자연스럽게 지하철 개찰구를 통과하고 앉을 자리를 서성이며 찾는다. 내가 다행스러우면서도 다행스럽지 않다고 여겨지게 된다.

친구와 난생처음으로 해외여행을 떠났던 도쿄. 나와 친구는 밤새 1부터 99번까지의 채널을 돌리며 놀았다. 알아들을 수 없는 일본어 사이사이 잠깐 나오는 한국 가수를 찾기 위해서였다. 당시는 K-POP이 지금처럼 성황을 이룰 때가 아니어서 더욱 어려운 시도였다. 오리콘 차트에서 보아의 앨범을 만나거나 신규 앨범을 낸 동방신기를 보는 정도였지만 신기했다. 신주쿠나 시부야의 레코드점에 걸린 한국 가수들의 모습을 보면

T·E·A TIME
HOGS BACK
2012

서 이상한 자랑스러움을 느끼기도 했다.

대만 단수이에서 요란하게 스테이크를 먹고 있었다. 일본에 함께 갔던 친구에게서 자꾸 전화가 왔다. 국제 전화를 할 만큼 풍만한 사이이긴 하지만, 여건이 풍족하지는 않다. 그런데도 수상하게 계속 전화가 걸려 와서 받았다. 친구가 내게 전해 줬다.

"나 등단했어!"

친구가 시인이 되었다. 스테이크를 먹다 말고 테이블 밑에 쪼그렸다. 나는 기쁜 마음을 억누르며 축하 인사를 보냈다. 해냈구나. 우리가 한국에서 카페를 전전긍긍하며 다녔던 날이 스쳐 지나갔다. 돌아가고 싶다는 마음이 들었다.

홍콩의 옹핑 마을에서 케이블카를 탔을 때는 낯선 이들과 폐쇄된 공간을 나누었다. 베트남 가족에 끼어 올라갔고 사진

도 찍어 주었다. 막상 마을에 가니 한국 관광객이 많았다. '빨리!'라는 말로 국적이 분명해지면서 현기증이 났다. 내려오면서는 본의 아니게 한국인들끼리 타게 되었다. 한국인이 아

니고 싶어지는 순간이 있다. 혼자라서 서두르는 일이 없기에 누군가를 재촉하는 소리를 들으면 멀미가 난다. 케이블카가 빨리 내려가지 않는다고 투덜대던 젊은 친구에게 줄 하나에 목숨을 맡긴 우리의 처지를 말해 주고 싶었다. 일본어나 불어로.

어쩌다 보니 세계 곳곳에 친구들이 살고 있다. 방 한편에서 부루마블을 펼치고 모형 호텔과 콘도를 지으며 세계 일주를 하던 친구들이다. 우리는 꼭 거대한 보드 게임을 하는 것 같다. 임대료 대신 마음을 지불하는 엽서는 잘 뽑힌 찬스 같은 것. 무인도에 무임승차하는 기분이 들기도 하지만, 세계 곳곳에서 잘 버텨 주는 친구들의 주사위를 응원하게 된다.

9 • 베드버그

빈의 숙소에서 샤워를 하고 나오는데 이상하게 가려운 곳이 많아 긁기 시작했다. 대수롭지 않게 여겼다가 긁을수록 부어오르는 느낌이 이상했다. 꼭 모기에 물린 자국이 나 있었다. 신기하게도 일자 모양으로 여러 개의 자국이 생겨서 설마가 사람 잡는다는 말을 쉽사리 떠올렸다. 프라하에서 지낸 숙소가 굉장히 쾌적해서 몰랐다. 불현듯 흰 침구를 지나가던 검은 벌레 한 마리를 손가락으로 튕겨 낸 것이 떠올랐다. 베드버그다.

핏줄을 따라 무는 특성을 가져 일자 모양으로 물린다고 들은 바가 있어 의심할 여지가 없었다. 느린 숙소 와이파이로 베드버그에 관한 정보를 찾느라 밤을 꼬박 새웠다. 여행 중 단 한 번도 아픈 적이 없어 나름대로 건강하다는 자부심이 있었다. 겨우 벌레 한 마리 때문에 고생할 수는 없다고 마음먹었다. 어떤 글은 캐리어에 딸려 왔을 수도 있으니 옷을 모두 세탁하고 소독해야 한다고 조언했다. 겨울 입구에 들어선지라 세탁만으로는 불가능한 옷들이 많았다. 혹시나 해서 털어 봐도 눈에 보이는 벌레는 없었다.

매일 긁는 일이 지속되었다. 프라하에서 물린 베드버그가 빈에서 가려워졌는데도 나는 빈에서의 하루하루가 좋지 않았다. 십 분 단위로 날씨가 맑음에서 흐림으로 바뀌고 바람이 많이 불었던 탓도 있다. 인스타그램에 내가 빈이 싫은 이유 일곱 가지를 적기도 했을 정도로 힘에 부치는 날들의 연속이었다. 결국 약국에 들러 번역기로 돌린 베드버그의 독일어와 상처를 보여 줬다. 늘상 있는 일이라는 듯 약사는 연고를 주었다. 나는 30유로라는 비싼 돈을 주고 연고를 샀다. 매일 바르자 가려움은 많이 가라앉았지만 아물지는 않았다. 한국에 돌아와 보니 흉터가 생겨 있었다.

여행을 좌우하는 날씨나 그에 따른 기분, 그날에 주어지는 사사로운 운세 등이 있다. 동유럽을 여행하는 한 달 동안에는 꽤 운이 따라 주지 않는 편이었다. 날씨에 민감한 나는 맑고 창창한 날씨가 아니거나 추위가 오면 약해졌다. 여러 번 콧물을 닦았고 기침이 잦았다. 더구나 인종 차별일까, 예의 없게 구는 걸까 싶은 사건이 몇 번 생겼다. 사건들에서 오는 피로가 누적되자 여러모로 지치게 되었다. 노트북을 열고 빈 문서를 열어 매일 분노의 일기를 썼다.

2015년 11월 20일 목요일 〈브라티슬라바에서 돌아오는 길〉

브라티슬라바에서 빈으로 돌아갈 버스 정류장이 어디인지 헷갈려 분주하게 가고 있었다. 한 이상한 남자가 다가와 일본인이냐고 물었다. "이찌, 니, 산, 시……." 1~10까지 일본어로 말하며 자기는 가라테 선생님이라고 했다. 나는 영어를 못하는 척(못 하지만)하며 피했다. 비가 와서 사람들이 없어선지 계속 나를 쫓아왔다.

그는 지금 7유로가 있는데 11유로가 있어야 집에 갈 수 있다고 했다. 나에게 4유로만 달라는 것이다. 계속 춥고 다리 아픈 시늉을 했지만, 누가 봐도 뻥인 게 티가 났다. 나는 해코지라도 할까 봐 망설임 끝에 5유로를 줬다. 그는 고맙다며 재빨리 어디론가 사라졌다. 와중에 계속 내리던 비를 많이 맞았다. 돈도 마음도 도둑맞은 기분이 들어서 정말 불쾌했다. 정류장이 잠깐 헷갈렸지만 다행히 버스를 타고 숙소로 돌아왔다. 오늘 일진이 좋지 않았다.

나는 원고 마감을 위해 숙소에서 나와 와이파이가 되는 맥도날드로 갔다. 커피를 시키고 원고 마감을 했다. 내일 잘츠부르크로 가는 표를 취소할까 싶어 맥도날드를 나와 바로 앞 기차역으로 갔다. 그런데 술 취한 두 남자가 나를 보고 대놓고 비웃는 게 아닌가. 외국인은 한국어의 된소리를 무서워한다는 말이 생각나서 나도 한국말로 병신 새끼, 이러면서 지나갔다. 그게 욕인 건 알아들었는지 둘은 또 뭐라고 지껄였다. 무서워서 빠른 걸음으로 돌아와 숙소 침대에 털썩 앉았다. 나는 잘못이 없는데 왜 자꾸 잘못되어 가는지 알 수가 없었다.

2015년 11월 25일 수요일 〈탄산수 싫어〉

프라하와 빈에서 고른 물은 모두 탄산수였다. 원래 탄산을 좋아하지 않는다. 여행 와서는 물을 자주 마시는 편이면서 매번 탄산수를 고르는 실수를 저질렀다. 흔들어 보면 분명 기포 하나 보이지 않았다. 숙소에 돌아와 뚜껑을 열면 '피식' 하고 탄산 빠지는 소리가 들렸다. 플라스틱 물병이 괜히 얄미워지는 순간이었다.

뮌헨에서 만난 친구가 'still water'라고 적힌 물을 사면 탄산수가 아니라는 정보를 알려 줬다. 마트 음료 코너에 쭈그리고 앉아 still water라고 적힌 라벨을 꼼꼼하게 살폈다. 물 한 번 마시기 되게 어렵네. 혼자 중얼거리던 나는 계산을 마치고 뚜껑을 열었다. 또 탄산수를 고른 멍청이가 되어 있었다. 탄산수 정말 싫다.

여행 마지막 날, 비행기 시간이 남아 카페에서 분노의 일기를 읽으며 마지막 날의 분노를 담아내는 중이었다. 높은 테이블에 놓인 노트북이 떨어졌다. 노트북이 정확히 두 동강 났다. 동유럽에는 소매치기가 많다고 해서 내키지 않아도 허리에 복대를 차고 잽싸게 돈을 꺼내고 넣었던 지난날의 내가 스쳐 지나갔다. 역시 제일 위험한 건 바로 나임을 알게 되었다.

다행히 여행 후반부에 메일로 백업해 둔 분노의 일기가 있어서 며칠의 일기를 복기할 수 있었다. 차라리 이 일기도 모조리 날아가 버렸으면 싶었다. 베드버그에 물린 것처럼 가려움은 사라지고 흉터만 남을 텐데. 흉터도 서서히 사라지겠지만 아물었다고 해서 완전히 회복되는 상처는 없지 않나.

● 앙코르
, 서울

그러니까 나의 첫 여행은 엄밀히 말하자면 서울이라고 하겠다. 서울에서 대학을 다니게 된 나의 생활은 여행과 같은 설렘을 불러일으켰다. 우체국의 택배 박스 4개로 시작했던 살림은 어느덧 용달차를 채우고도 모자랄 만큼 늘어났다.

전주에 내려가 친구들과 서울에서 사는 삶을 이야기하며 서울 사람들은 어딘가 모르게 계산적이고 차갑다는 말을 많이 했다. 돌이켜 보면 커다란 착각이었다. 속을 모를 서울 사람들도

IMAGE STABILIZER

있지만, 반드시 서울 사람이어서가 아니라는 사실을 알았다.

나는 어릴 적부터 서울에서의 삶을 꿈꿨다. 지금은 아주 오랜 여행에 지친 사람처럼 서울을 살고 있다. 그래도 내게 돌아갈 곳이 있어선지, 서울 생활이라도 매일의 일상이 새롭고 낯설다. 여행하는 동안에는 다음 장면을 예측하기 어렵듯이 내게 서울도 그렇다. 아직도 카메라를 들이미는 서울 풍경들이 많고, 몰랐던 것을 알게 되는 경우도 많다.

가벼운 싫증에 서울을 벗어나고 싶다는 마음을 먹기도 한다. 서울에서 새롭게 손잡은 사람들, 시작한 일들을 가볍게 여기기도 한다. 사람 많고 복잡한 서울이 아직도 좋은지 물어보면 나는 그렇다고 할 것이다. 서울은 내게 가장 긴 체류가 필요한 여행지이자, 떠날 때는 아주 오랜 준비와 정리를 해야 할 곳이 되었기 때문이다.

때때로 삭막했던 순간에 터널을 열어 주었던 사람들, 내가 시를 썼던 순간들, 낯설지만 익숙한 나의 규칙을 조금씩 수정해 주었던 모든 풍경들에 아직 미련이 많다. 어쩌면 비행기를 타고 타국에 나가는 것은 여행 중의 여행과도 같다. 모국어와 은인들이 살고 있는 공간에서 나를 헤매는 일. 반드시 나를 찾아야 하는 일이 계속되는 서울은 아직 내가 머물러 있는 여정이다.

9 마중 가는 산책

여행이 끝나면 무사했다는 안도감과 아쉽다는 서운함이 칼싸움을 한다. 공항버스나 공항철도로 몸을 옮기는 동안 나는 이 싸움을 침묵으로 관람한다. 떠날 때와 다르게 돌아올 때의 마음은 무겁다. 저울에 매달면 측정되지 않는 무게를 실감한다. 그러면 나는 어디에도 위치하지 않는 사람이 된다. 내가 나를 가장 정확하게 볼 수 있는 시간이 찾아온다.

รับสมัครงาน..ด่วน!
Tel. 084-812-9636

잘 떠나는 사람보다 잘 돌아오는 사람이 되어야겠다는 생각을 한다. 생면부지의 장면 속에 놓여 있던 나를 모아 퍼즐을 맞추면 조금 큰 사람이 되어 있다.

살면서 기억이 흐릿해지면 몇 개의 퍼즐들을 잃어버리고, 퍼즐을 대체할 만한 여정을 계획한다. 살면서 그 계획 앞에 움츠러들거나 한 번 더 망설이는 나를 보게 된다.

나는 살아야 할 일들을 걱정할 때가 있다. 먹고사는 일에 치여 방치된 마음과 계획들을 배낭에 넣고 떠나는 기회가 많았으면 좋겠다.

아저씨 냄새가 나는 이불에 들어와 딸꾹질을 멈추듯 며칠 동안 여정을 되돌아보면 혼자서 시차를 겪게 된다. 다시 돌아왔구나. 이곳이 내 자리였어! 스치듯 지나가는 국경 너머의 내 모습들을 마주하며 내가 여러 곳에 살아 있는 느낌을 받는다.

자고 일어나면 언제 그랬냐는 듯이 나의 생활을 시작한다. 설거지를 하고 컴퓨터 앞에 앉아 시를 쓴다. 하늘을 나는 비행기를 보면 오늘을 다른 곳에서 살게 될 여행자의 삶을 헤아린다. 나는 그것이 어떤 별을 헤아리는 일보다 즐겁다.

친구들이 세계 곳곳에서 사는 이야기도 기다린다. 아직 나오지 않은 누군가의 신보처럼 자꾸 나를 기다리게 만드는 무엇에 희망을 걸 것이다. 여행은 나를 그렇게 만든다. 내가 신뢰할 수 없는 것들에 대한 믿음을 여민다. 그 좁은 믿음을 뚫고 나아간다.

오늘의 세계가 그렇게

다시 열리고야 말았다.

9 두 번을 생각해

여행을 끝마친 후 나를 떠난 숫자들을 헤아리다가 배가 고파진다. 몸은 초저녁인데 창밖에서는 아침 새들이 울고 있다. 여행을 돌아보자는 의미로 도착한 날부터 머물렀던 크고 작은 공간을 서로 이어 본다. 잇다 보면 증기 기관차처럼 늘어진 칸칸마다 빼곡한 기억들이 탑승하고 출발한다. 기차를 보내고 나서야 눈꺼풀이 내려간다. 오늘 매표소의 영업은 아침에서야 끝이 난다.

헌책방을 자주 들른다. 발걸음이 무척 경쾌해지는 공간 중

BALLET

P

하나다. 근간을 저렴하게 사는 기회보다도 귀한 책을 팔아 버린 누군가의 어리석음을 탐미하는 쪽이 더 활발하기 때문이다. 마치 절판된 한 권의 책을 찾는 일이다.

떠나온 곳을 다시 가는 여정 앞에서는 이왕이면 새로운 곳으로 나서는 편이 낫다는 판단을 하곤 한다. 이미 떠나온 곳의 생활과 이야기는 기억은 있으나 형태는 갖추지 않은 절판된 책의 존재와 어렴풋이 닮아 있다.

짧게나마 머물렀을지라도 산책을 멈추지 않았던 도시들이 꽤 많다. 나의 다음 여행 계획은 이 도시들 중 한 곳에 또다시 가는 것이다. 같은 곳에 가서 기억을 덮어씌우며 추억을 되짚고, 한 권의 시집을 필사하듯 걸었던 곳을 다시 걸어 보는 일. 낯선 여행과는 또 다른 재미가 있을 것이다.

새로움에 눈이 멀면 길을 잃고 헤맬 확률이 높다. 길을 잃은 곳에서 나는 밀렵꾼의 표적이 된 어린 사슴처럼 두려움을 느낀 적도 있다. 두려움으로 새긴 엉성한 나의 지도가 내게 있다. 갔던 곳을 다시 가 보는 여행은 반복이 아니라 그리움을 달래는 기나긴 산책일 것이다.

산책 기념일

모든 산책로는 결국 하나의 길로 모여든다. 각자 자기만의 운동화를 신고 적당히 걸을 만한 곳을 찾아 떠난다. 천천히 걷다 보면 우리는 만나게 되어 있다. 떨어져 있지만 떠올리고 헤아리는 것만으로도 다시 만나리라 생각하는 산책은 매일매일 다른 모습으로 길을 열어 준다. 이것만으로도 충분히 기념할 만한 일상인 것이다.

개와 뛰놀고, 벤치에 누워 음악을 듣는가 하면, 걷는 동안 사람들의 속도를 체감하고, 그 사이로 위태롭게 굴러가는 바퀴들을 바라보면서 우리는 말없이 어디론가 빨려 들어가는 중이라고 느낀다. 우리들은 우리만의 공원을 조성하기 위해 모든 장면에 최선을 다하려고 하고, 걸으며 열량을 쏟는 일을 쉰다고 여길 만큼 바쁘다. 바쁜 와중에 떠올리는 얼굴들도 어디선가 걷기 시작했을 것이다. 그런 나란함이 산책하는 동안 쉼 없이 따라다닌다.

오늘이 기념할 만한 일 없이 지나가더라도 분주히 걷던 나를 오롯하게 기억해 본다. 자꾸 어디론가 이동하는 심장과 두 발이 이끄는 세계에 도달하고 나서야 침대에서 쉴 수 있는 피로를 헤아려 본다. 멈춰 있다면 가야 할 것이고, 가고 있다면 머뭇거려도 괜찮을 세계에서 마주하는 모든 것들. 이 모든 것들이 이따금 살고 있다고 귓속말을 한다. 그만둘 수 없다가도 무엇이 산책이 될지 고민하는 시간 속에서 우리는 길을 수집하는 사람이 되어 갈 것이다. 어떤 날에는 걸어 보고 싶은 길을 안내하고, 어떤 날에는 타인을 따라 생전 가 본 적 없는 길로 진입한다. 의심할 여지 없이 그 길의 끝에서는 기념을 알리는 폭죽과 침묵이 동시에 터지고 있을 것이다.

Devrientweg
Passionsspielhaus
Polizei
Schreibwaren
Schwarz
Kunden-
parkplatz

Lamborghini

걸음이 빠른 사람과 걷다 보면 금방 숨이 가빠지고 지친다. 걸음이 느린 사람과 걷다 보면 성질이 급한 사람처럼 자꾸 뒤를 돌아보게 된다. 나란하게 걷는다는 기분을 선사해 주는 사람은 나와 속도가 같아서가 아니라, 속도를 엿보고 맞춰 주는 것일지도 모른다. 그것은 우리에게 꽤 익숙한 행복이다.

우리의 레이스는 앞서거니 뒤서거니 한다. 승부사가 없는 세계에서는 오랜 산책을 한 사람만이 더 많은 햇빛과 분위기를 가질 수 있다.

안녕을 빌게

네가 먼 길을 떠난다면, 혹은 짧은 길을 금방 다녀올 계획이라면 나는 안녕을 빌게. 무사한 것만으로도 감사한 날들 사이, 때때로 거칠고 날이 선 시간을 모아 뾰족해지고 싶은 순간이 있었지. 내가 솟아날 곳이 어디쯤에는 있을 거라는 희망을 걸면서 자꾸 걸었지. 걷고 있으면 걷는 것만 의식할 수 있으니까 돌아올 장면 앞에서 시간을 지연시키며 걷고 또 걸었어.

좋아하는 것이 무엇인지 물으면 산책이라고 말해. 사실은

아직 준비된 답이 없었지. 선명하게 말할 무언가가 없어서 둘러대는 말 같았어. 둘러대는 말들은 세계를 표류하며 멀리 떠다녔을 거야. 알아봐 줬으면 좋겠어. 내가 더 많은 곳에 있으면 좋겠다 싶어서 친구도, 가족도, 집도 없는 곳에서 잠시나마 생활을 짓고 살았지.

우리가 서로에 대해 열렬할 수 있다는 것도 크나큰 행운이지. 서로 잘 알지도 못하면서 떠들어 대는 것 같을까. 비슷한 시대에 태어나 함께 시간을 굴리고 달력을 넘겨 온 것만으로도 우리가 우리로 놓일 수 있지. 그러면 이상하게 막연하고 안심이 되는 거야. 어디선가 고군분투하고 있을, 홀로 걷고 있을, 막 뜀걸음을 멈추고 헐떡이고 있을 모든 여정이 하나의 여행처럼 느껴지면 얼마나 좋을까.

떠나간다는 말은 돌아오겠다는 말과도 같아서 자주 떠나겠다고 말했어. 어쩌면 여행은 돌아온 이후에 시작되는지도 몰라. 새롭게 보고 듣고 느낀 것들로 헐겁고 고장 난 생활을 고치며 구멍투성이를 기워 가는 과정. 이름 모를 나무에도 셔터를 누르거나, 시차가 다른 햇빛일 뿐인데 따뜻하다고 느끼는 착각이 우리 일상에도 언제나 있음을 다시금 깨닫는 것. 그것만이 여행이 내게 만들어 준 안식처야.

멀리 가려는 당신에게 안녕을 빈다는 말은 거짓말이겠지.

21.11.2015 - 06.01
RIESENRADPLATZ, 102

당신이 무엇을, 어떻게, 왜 걸으려는지도 모르면서 말이야. 하지만 우리의 길은 비좁고 복잡하면서도 거대한 하나의 길처럼 다시 만나게 되리라고 생각해. 끝끝내 서로를 알지 못하고 지구를 떠나야 하는 날이 올지도 모르지. 그래도 헤맴에 있어서, 산책에 있어서는 나란해질 거야. 나는 그런 막연한 울타리를 두고서 또다시 걸어. 조금 쉬어 가면서, 자주 두리번거리면서.

우리는 오늘 생겨난 산책 기념일을 축하해 줄 자격이 있어. 앞으로 얼마나 더 걸어야 할지 몰라도 그만큼 걸어왔음을 서로 토닥여 주는 거야. 눈물이나 포옹 없이도 기꺼이 서로를 안아 주고 알아봐 주는 거야. 그렇게 당신은 나의 모험이 되고, 나는 당신이 떠나게 될 여행의 일부가 되면서 조금씩 가까워지는 거야.

집에 돌아가는 길까지

안녕하고 평온하기를.

방과 후 지구

초판 1쇄 인쇄 2016년 8월 3일
초판 1쇄 발행 2016년 8월 10일

지은이 서윤후

펴낸이 박세현
펴낸곳 서랍의날씨

기획위원 김근 · 이영주
편집 김종훈 · 이선희
디자인 강진영
영업 전창열

주소 (우)03966 서울시 마포구 성산로 144 교홍빌딩 305호
전화 070-8821-4312 | **팩스** 02-6008-4318
이메일 fandombooks@naver.com
블로그 http://blog.naver.com/fandombooks

등록번호 제25100-2010-154호

ISBN 979-11-86404-65-2 03810

서랍의날씨는 팬덤북스의 인문·문학 브랜드입니다.